# LÉNA
*sur les pas de*
# L'ACCORDEUR

ALAIN VEINSTEIN

# LÉNA

*sur les pas de*

# L'ACCORDEUR

roman

ALBIN MICHEL

*Collection littéraire dirigée par Martine Saada*

« Le monde est fait de ficelles écourtées, sans liens… »

Giorgio Manganelli.

# LÉNA

Ça commence mal.

C'était plus fort que moi. Il a fallu que je me replonge dans un récit dont le narrateur vivait collé à la terre et s'y pliait sans chercher à élargir son horizon. C'était une sorte de carnet hirsute. Je l'ai appelé comme ça lorsque je l'ai lu. Pourquoi ? Je ne sais pas. Plus tard, j'ai hésité avec le carnet griffonné. Ça ne changeait pas grand-chose. Alors je reviens au titre initial, *L'Accordeur.*

J'essaye, relatant ici les faits qui me sont parvenus, principalement à la lecture – le livre est au fond mon unique source –, de ne pas écrire de trop près. De laisser à l'intime une part de son secret. Le livre en est bien pourvu. L'un d'eux, en particulier, assume l'importance. Il y a peu de chance qu'il soit dévoilé. Encore que… En cherchant bien, il n'est pas impossible de le percer à jour.

Je ne suis pas l'hologramme du narrateur, étant moi-même narrateur du récit d'une lecture possible, serait-elle passablement déviante, de *L'Accordeur*. Vous l'avez sous les yeux. Il y a donc deux narrateurs dans l'histoire proposée ici, chacun se réservant un niveau de lecture et donc une part de l'action, quitte à ce que leurs rôles respectifs se rejoignent et finissent par se confondre. Le premier (l'auteur de *L'Accordeur* qui n'a plus son mot à dire dès que l'encre est sèche) ; le second (votre serviteur), l'auteur de *Léna*, bénéficiaire de quelques pages blanches dues à l'inachèvement pour installer le chaos. Arrivant en dernier, je me fais l'effet d'un vampire venu sucer le sang du premier narrateur, dont j'ai d'ailleurs assez peu entendu célébrer les mérites à la publication de son livre. Il se disait que c'était un jeune poète qui n'avait pas écrit de romans jusque-là, mais, tout au plus, des poèmes, encore que ce mot pourrait être longuement discuté. Bref, c'était un garçon qui écrivait et, ce faisant, qui s'était laissé un peu aller, au point d'élargir le champ de ses délires et d'être classé parmi les romanciers. Je serais incapable de dire si l'auteur de *L'Accordeur* poursuivit dans cette voie. Je n'ai jamais plus entendu parler de lui. Peut-être retourna-t-il à ses poèmes, à la hantise d'une terre désolée de toute part. Ce n'était pas un décor de théâtre, cette terre dont il parlait avec une si vive émotion. Mais de la terre, cette terre, qu'on lance par poignées sur des cercueils au fond d'un trou. Ou plus exactement, ce dont il aurait voulu rendre compte, il a vainement cherché les mots, c'était du fracas de la terre jetée sur le bois du cercueil.

Il n'y a rien là pour faire la une des journaux. Les livres ? De toute façon ils suivent leur chemin, vont à leur pas et il convient de ne pas trop les bousculer pour que la magie, quand par hasard elle est de la partie, ne se perde pas. Le poète laisse ses phrases libres, se garde bien de les attacher comme des bêtes capturées. Il affronte au contraire leur force de résistance, fait en sorte qu'elles ne s'écrasent pas dans sa main. Je peux en parler en connaissance de cause, l'écriture étant ma passion, même si elle me laisse la plupart du temps sur ma rage. Je dois parfois à de simples phrases un tel éclair de révélation qu'elles me permettent de garder une prise sur l'existence ! C'est comme un coup de chance inespéré, un bienfait du ciel. J'ai l'impression alors que tout est neuf, que je suis dépositaire de ces mots qui donnent commencement aux choses.

Le livre, je l'ai indiqué dès le début, s'intitule *L'Accordeur.* Je n'ai toujours pas compris pourquoi. Il n'est pas facile de vivre dans les pensées des autres. Il est vrai qu'un piano y occupe une place de choix, mais je crois qu'il faut aller chercher ailleurs ce que le mot voudrait dire : les débutants raffolent souvent des titres que les lecteurs ne comprennent pas. Il s'agirait plutôt ici de l'écrivain à l'affût du mot juste, de son désir de vérité, de sa tentative, en écrivant, de coïncider avec soi, une telle coïncidence prévalant dans l'enchaînement des mots et des choses. Pas un mot plus haut que l'autre, donc. L'auteur mettrait toute sa passion à essayer que le monde de chacun se raccorde au monde de tous, qu'il s'accorde, même, si possible. Avec la vérité, il serait bras dessus bras dessous. L'un avec l'autre, ça marcherait du feu de Dieu. C'est ainsi que je vois les choses.

Dire la justice n'est pas dans ce récit la tâche exclusive des mots. Je serais même tenté d'avancer que la justice a le dernier mot, le pitch voulant qu'un père, si j'ai bonne mémoire, conduise son fils à la porte d'un tribunal où il va écoper probablement d'une lourde peine. Pour quelle raison le fils est-il traduit en justice ? Ça devrait être la question essentielle du roman, qui n'y apporte pourtant aucune réponse. À moins que la réponse figure dans une zone d'ombre impossible à appréhender à l'œil nu. Le narrateur ne s'étend pas sur la question. Il peut arriver qu'on soit tenu de rendre des comptes pour des actes dont on ne se souvient pas. Qu'on n'a peut-être pas commis. Les personnages bénéficient eux aussi de la présomption d'innocence. Le lecteur, lui, est libre d'imaginer les choses, comme je suis en train de le faire en ce moment.

Mais je ne veux pas trop entrer dans le détail des faits et être amené à évoquer ici des événements qui ne sont pas forcément venus les uns après les autres. Je suis en délicatesse avec la chronologie quand elle est censée supporter un monde perdu. Les épisodes se retrouvent sens dessus dessous. Le présent récit en est une parfaite illustration. Il peut être intéressant de commencer la lecture par *L'Accordeur* ou, au contraire, par *Léna*. Éventuellement, d'essayer les deux possibilités. Ce dont je suis sûr, en tout cas, c'est que je n'ai pas mis la fin au commencement rien que pour le plaisir de relier des personnages entre eux.

Le moins que je puisse dire, pour continuer à être franc, c'est que mes certitudes vacillent. J'ai très peu de souvenirs de cette époque, très peu d'actes concrets auxquels me raccrocher. L'obstination, heureusement, ne m'a pas manqué. Je lui dois d'avoir rejoint des personnages, au moins certains d'entre eux, mais pour les perdre aussitôt et me retrouver dans l'attente de ce qui pourrait arriver quand je ne l'attendrai pas. La longue attente d'un miracle impossible.

Il n'empêche que le temps presse. Chaque jour est une nuit imminente. Mais j'écris justement pour ne pas en finir. J'ai intitulé un livre, il y a quelque temps, *À n'en plus finir*. Un autre, plus récemment, *Poursuivre*. C'est dire mon épouvante que ça s'arrête. Comme le lecteur, je ne déteste pas, moi non plus, imaginer les choses. Les mener sur un autre chemin. J'ai la faiblesse de penser que je trouverai bien les mots pour aller plus loin dans des zones de haute intensité. Si je les traque, ces mots, du matin au soir, c'est toujours, malgré tout, dans une quête de vérité. Serait-elle repeinte aux couleurs de mes rêveries.

Aller plus loin, avec *Léna*, en relisant *L'Accordeur* avec mes yeux d'aujourd'hui.

Mes yeux d'aujourd'hui recomposent le récit, brouillent la réalité de ce qui est raconté. Sans aucune volonté de tromperie. Je ne suis ni menteur, ni faussaire, ni mythomane. C'est simplement que, désormais, je me tiens à distance. Là où les phrases ont une grande volonté de mentir à mon insu et me lâchent comme si de rien n'était. Je sais de quoi je suis en train de parler. Et surtout de passer sous silence.

Imaginer une suite à l'histoire… L'injonction serait plutôt : imaginer un début. Si la fin est connue, on ignore comment tout ça a pu commencer. Je dois élucider le point de départ. Il me faut commencer par le commencement. Retrouver ce « carnet hirsute », en espérant ne pas me tromper de carnet, c'est comme refaire ma vie. On lit autant avec ses yeux qu'avec son imagination ce que les poètes écrivent avec leur cœur, toujours aux prises avec la réalité inatteignable, bouleversée par toutes sortes de fantasmagories.

J'ai rendez-vous avec mon éditeur pour lui parler de tout ça. Il m'a invité à dîner. Ça ne m'enthousiasme pas. Avec Lou le dîner est sacré. C'est le seul moment de la journée que nous vivons ensemble, celui où notre vie commune prend une forme d'évidence. Où, depuis vingt-cinq ans, pour dire plus précisément les choses, notre amour brille dans son évidence. Chaque soir prévaut un sentiment d'enchantement. Ne pas être fidèle à notre rendez-vous quotidien est pour moi un déchirement. C'est comme si la journée n'avait pas eu lieu. Les rares fois où ça se produit, je ne pense qu'à elle et à tout ce que nous aurions pu nous dire si nous avions été ensemble. Avec mes hôtes, ce soir-là, je ne prononce pratiquement pas un mot. Je ne fais que penser à notre séparation. Une brève séparation appelle immanquablement l'horrible pensée d'une séparation définitive, ce qui m'angoisse le plus au monde. Très vite, je brise les rires et les conversations en me levant le premier pour prendre congé. J'ai hâte de rentrer et de m'assurer que Lou m'a précédé, qu'il ne lui est rien arrivé, que nous allons bientôt nous retrouver, que cette sinistre soirée ne sera bientôt plus qu'un mauvais souvenir. J'ai eu un avant-goût des ravages causés par une séparation lorsque notre fils, très jeune, a quitté la maison où, disait-il, il ne trouvait pas sa place. J'ignore s'il l'a trouvée aujourd'hui. Ce n'est pas un sujet dont nous parlons.

Avec mon éditeur nous avons l'habitude de déjeuner. Ce sont des heures très agréables, car nous sommes à peu près d'accord sur tout, l'édition mise à part. Nous parlons des conflits, des crises, des tensions du monde, nous donnons notre avis sur tous les sujets du moment en savourant le menu dégustation. Après tout nous ignorons ce que l'avenir nous réserve. Un jour viendra sans crier gare où nous n'aurons plus à manger, peut-être, que des pissenlits par la racine. C'est déjà le cas d'une partie importante de l'humanité, qui croît d'année en année. Ça ne nous coupe pas l'appétit.

Pas question cette fois de trouver un prétexte pour refuser le dîner. Mon éditeur a mon dernier manuscrit en lecture et j'ai hâte qu'il m'en parle et m'annonce peut-être sa décision. Je crains le pire, en vérité. Au téléphone, il m'a préparé à une mauvaise nouvelle. L'édition n'est plus ce qu'elle était. Quelles que soient les qualités d'un texte, on est obligé de tenir compte de ses promesses de vente. Autrefois, les livres à forte potentialité commerciale permettaient la publication d'ouvrages aux performances moins évidentes. Des livres innovants. Ce n'est plus le cas aujourd'hui. Chaque livre doit se débrouiller seul sans faire perdre de l'argent à son éditeur et, si possible, en lui en faisant gagner. « Je dois faire dans la dentelle », me dit mon ami.

Évidemment, je me suis senti visé. Mes livres appartiennent plus à la deuxième catégorie (celle dont les performances commerciales laissent à désirer) qu'à la première (où les ventes ne cessent de s'envoler de plus belle). Mon éditeur est donc sans doute pressé de me retrouver pour me porter le coup de grâce en y mettant les formes. Déjà, lors de notre dernier déjeuner, il a beaucoup insisté sur l'augmentation du prix du papier et l'inflation en général qui allaient le contraindre à réduire sa production. Pas d'autre solution si l'on veut éviter un naufrage. Bref, je ne pouvais pas remettre ce dîner qui promettait de me faire passer un moment difficile, l'amitié et le métier étant ici étroitement mêlés.

Avec en tête une grande peur que j'essaye de dissimuler comme je le peux, je me rends à notre rendez-vous. En chemin, je pense à tous les livres de ma bibliothèque qui ne verraient probablement pas le jour aujourd'hui. Pourtant, ils sont là, présents dans mes pensées, certains avec leur papier jauni, ce qui les distingue de ceux dont on ne sait pas quoi faire après lecture et qui ne nous auront donné à vivre que des aventures faciles et brèves.

À 20 h 30, je franchis la porte de L'Épervier, rue Daguerre, dans le 14$^{e}$ arrondissement de Paris. Je n'ai pas le moindre doute, cet épervier sera certainement pour moi un oiseau de malheur. Ma longue amitié avec mon éditeur, même si ça lui coûtera des efforts, ne l'empêchera pas d'entrer dans le vif du sujet brûlant qui va nous occuper ce soir. Il me dira certainement avec embarras à quel point, pour lui, ne pas me publier est un sacrifice, mais il doit des comptes à son actionnaire. Et passer sous les fourches caudines des contrôleurs de gestion, dont le pouvoir ne cesse de s'étendre au grand dam de la littérature un peu inventive, forcément déconcertante, forcément en voie de disparition. À l'image, au fond, de notre monde en train de disparaître. Loin de celui qui m'a vu apprendre à lire à force de m'aider à perdre pied.

Mon ami n'est pas arrivé. Sans doute n'est-il pas pressé de me parler de mon manuscrit. Il songe à tous les obstacles qu'il lui faudra franchir pour que notre amitié reste intacte. Peut-être va-t-il me téléphoner au dernier moment pour se décommander. C'est finalement ce que j'appelle de mes vœux. Ce dîner je ne le sentais pas, mieux vaut qu'il n'ait pas lieu.

Pourtant tout est prêt. Une réservation a bien été faite. Je vais m'asseoir à la table qui m'est indiquée, pas loin du comptoir où dînent quelques habitués. Parmi eux, une jeune femme qu'il me semble avoir déjà rencontrée quelque part sans que je puisse me souvenir où. Elle doit se dire la même chose à mon sujet, car elle n'arrête pas de me dévisager. Je fais semblant de regarder ailleurs sans la quitter des yeux. Je suis frappé par la difficulté de prendre mes distances. La jeune femme est partout. J'essaye de me donner une contenance en cultivant des poses de vieux sage. Je crois déceler dans ses yeux des lueurs bouleversantes. Est-elle venue seule ? Un jeune homme, à côté d'elle, a une longue conversation en wolof au téléphone. À l'évidence un Sénégalais. Elle ne lui prête aucune espèce d'attention, ce qui me fait supposer qu'ils ne se connaissent pas. Ou qu'ils se connaissent tellement qu'ils ne se parlent plus, chacun se retirant dans l'indifférence. Heureusement, mon ami arrive enfin. Il a l'air très énervé, me dit à peine bonjour. Il ne souhaitait pas me faire attendre et voulait me prévenir de son retard, mais son téléphone était introuvable. Il espère l'avoir oublié dans sa voiture et veut immédiatement s'en assurer. Il va donc aggraver son cas en m'abandonnant le temps qu'il faudra, sa voiture étant garée assez loin du restaurant. C'est bien connu, dans ce quartier il n'y a nulle part où se garer. Nous voilà partis sur le problème du stationnement dans la capitale. En quittant les lieux, il s'excuse de donner malgré lui un tour théâtral à notre rencontre, d'autant qu'il a des nouvelles importantes à me communiquer. Ce n'est pas le moment de lui demander lesquelles, il a déjà opéré demi-tour vers la sortie. J'ai presque envie de lui emboîter le pas, mais ça ne ferait pas avancer les choses. Je dois prendre mon mal en patience. Attendre encore. Fuir serait disproportionné. Après tout, je ne suis sûr de rien. Chaque jour apporte sa surprise.

L'intuition est le meilleur atout. Sans aller jusqu'au refus pur et simple, mon ami va peut-être m'inciter à la patience. Ce livre à venir, qu'il a entre les mains, paraîtra l'an prochain ou l'année suivante. Peu importe. L'actualité n'y joue aucun rôle. Ce que j'écris aujourd'hui, je pourrai aussi bien l'écrire demain, sans en changer un mot. J'ai tout à y gagner, m'assurera-t-il sans doute. L'édition est en plein marasme, en pleine crise existentielle et ontologique. Plus rien ne se vend, tout le monde attend – quoi ? mystère – exactement comme je suis en train de le faire à L'Épervier.

Le décor de ce restaurant commence à me sortir par les yeux. Une caricature d'auberge campagnarde avec étalage recherché de bouteilles de vin et mise en scène de bocaux aux contenus variés. Une grande ardoise annonce le menu du jour. Je la lis et la relis pour arrêter mon choix. Il faudra bien se mettre quelque chose sous la dent. Ce n'est pas facile car rien ne me fait vraiment envie. Pas plus les endives braisées que le lièvre à la moutarde. J'ai vu passer la brandade de morue, trop liquide à mon goût. Quant au burger, la spécialité de la maison, il est servi avec des frites qui semblent avoir atteint le troisième âge. Vivement que mon ami revienne et que nous puissions au moins commander le vin, qui me dédommagera peut-être de tous mes ennuis, à commencer par cette attente qui semble ne pas vouloir finir.

Qu'aurait fait le narrateur de *L'Accordeur* à ma place ? Sans doute ce que je me serais promis de ne pas faire, chercher la jeune femme des yeux. Elle me sourit, manifestement avec le désir de plaire, sinon de séduire.

Me séduire moi ? Il lui faudra de l'obstination. Je ne vois toujours pas où j'ai pu la rencontrer dans le passé à supposer même que je l'aie déjà rencontrée. Une hypothèse : la couleur de ses cheveux n'était pas la même. Hypothèse malheureusement invérifiable dans l'état actuel de ma mémoire.

Draguer n'est pas dans mes habitudes. J'ai besoin que me soient adressé un ou plusieurs signes qui aient, sans ambiguïté, valeur de consentement. Je ne prends pas de risques inutiles. Le plus grand, si toutefois le consentement m'est acquis, étant que je ne sois pas en état d'honorer ma partenaire. Sitôt dans ses bras, je pense à Lou et ne cherche plus qu'à m'enfuir, si j'ose l'écrire, la queue entre les jambes.

Décidément, la soirée prend mauvaise tournure. Je me demande si je ne ferais pas mieux, justement, de rentrer chez moi sans attendre. De détaler. Retrouver Lou, je n'aspire qu'à ça. J'ai l'impression de subir un mauvais rêve qui lentement mais irrévocablement basculera dans le cauchemar, alors qu'à cette heure où j'attends, sans trop savoir quoi, et pourquoi, je pourrais vivre mon amour comme de coutume au lieu de laisser l'angoisse s'abattre sur moi.

La jeune femme se penche vers son ami sénégalais et lui glisse quelques phrases à l'oreille. Il se tourne vers moi et me dévisage à son tour bien en face. Il ne cache pas sa surprise et paraît accablé par sa découverte. Apparemment la plus pénible des calamités et Dieu sait qu'il s'y connaît en calamités. Il ne tarde pas à rassembler ses affaires et à s'éloigner sans un mot, sans se retourner. Hélas, la jeune femme ne lui emboîte pas le pas. Elle ne semble pas décidée à lâcher sa proie.

Comment passer le temps quand on se sent observé de près par quelqu'un qu'on voudrait éviter, en un lieu dont on a fait amplement le tour ? Où l'on ne voit pas plus loin que le bout de son nez ? Je ne pourrai pas dire que j'ai passé un bon moment. Dans la salle le dîner touche presque à sa fin. Rares sont les plats qui circulent encore. Les desserts ont pris le relais. Alors qu'à mon arrivée le restaurant affichait complet, les départs se succèdent, il n'y aura bientôt plus personne, hormis la jeune femme et moi, sans parler de mon ami qui, outre son téléphone, a dû perdre sa voiture, vu le temps mis à me rejoindre. À moins qu'il ait oublié où il m'a donné rendez-vous et qu'il soit en train de me chercher dans les nombreux troquets du coin… Plus le temps avance, plus je désespère de le voir entrer. J'espère que rien de grave n'est arrivé. Il est minuit passé. La jeune femme du bar sourit. Elle se mord la lèvre inférieure, renverse la tête en arrière, la tourne vers moi, sur le côté. Elle a l'air timide, effacé. Je sais qu'il ne faut pas se fier aux apparences.

Pour tuer le temps, et échapper au regard de la jeune femme, j'ai soudain l'idée de sortir de mon sac un carnet où j'ai pris l'habitude de noter certaines choses de ma vie avec l'idée de les retrouver plus tard et d'en faire peut-être un récit. Penché sur mon carnet, je note immanquablement ma mésaventure de ce soir. J'essaye de décrire le regard de la jeune femme, j'ai beaucoup de mal, je n'y arrive pas. Je me console en pensant que Giacometti, avec les moyens du dessin, aurait sans doute été obligé, lui aussi, de déclarer forfait. J'écris la présence mystérieuse du jeune Sénégalais et avance toutes sortes d'hypothèses pour éclaircir sa relation avec l'inquiétante séductrice. J'en suis, ce soir, le centre, puisque c'est après qu'elle m'a montré du doigt que le jeune homme est parti.

C'est certainement ce que je devrais faire moi aussi. Le serveur est venu m'annoncer que la cuisine allait bientôt fermer. Il est temps que je me décide, mon ami m'ayant certainement posé un lapin. En outre, en fin de service, il ne reste plus grand-chose. Peut-être un burger, mais sans frites, remplacées par une salade. Je lui ai répondu que je me contenterai d'un verre de vin.

Déjà, les lumières tamisées du fond de la salle sont éteintes. Les garçons dressent les tables pour le lendemain. Je dois me rendre à l'évidence que je ne reverrai pas mon ami ce soir. Le téléphone n'était certainement pas dans la voiture, si ça avait été le cas il m'aurait appelé. Il est donc parti à sa recherche je ne sais où, me laissant désespéré et seul devant mon verre de vin.

Verres, couverts et assiettes sales attendent d'être emportés à la cuisine. Ils traînent sur des tables aux nappes tachées. Les serveurs ont du travail par-dessus la tête. Ils vitupèrent la clientèle. Si j'ai bien compris, au gré des soirées, il y a, comme au théâtre, de bonnes et de mauvaises salles. Celle de ce soir était une catastrophe, s'accordent-ils à dire en enveloppant les fromages dans du papier. Une odeur de graillon se répand dans toute la salle, éclairée pleins feux, ce qui révèle désormais son état de délabrement.

Deux vieilles dames boivent des bières. Les rires fusent à la suite d'une plaisanterie qui m'échappe.

Il fallait que ça cesse. Pas de raison de prolonger plus longtemps l'attente. Sauf, peut-être, et ça redoublait mon inquiétude, la présence de la jeune femme, devant le comptoir, en conversation, apparemment hilarante, avec le barman. Je commençais à comprendre qu'elle seule m'empêchait de filer vers la liberté. L'avenir de mon manuscrit au fond m'indifférait. L'essentiel était de l'avoir écrit. Il ne m'appartenait plus. Mais j'étais troublé par le regard de cette jeune femme dont j'étais impatient de percer le secret. Et si c'était le commencement de la fin ? Si j'étais en train d'échapper complètement à la raison ?

Je me pose sérieusement la question. Tout se passe comme si mon attente changeait de cap. J'ai l'impression d'être tombé du haut d'un arbre ou tombé amoureux, ce qui revient au même. Plus rien n'est comme avant. Plus rien n'est ce qu'il semble être. Pourvu que mon ami n'arrive jamais. Il faut que je parle à cette jeune femme, que je dévore des yeux. Que j'ose m'avouer le désir d'une nouvelle vie qu'elle a subitement réveillé.

Avant que je me rende compte que, dans ma vie, le passé a tout envahi au point de me laisser bouche bée. Je ne suis pas encore assez vieux pour ne pas y penser. Je suis sûr que le narrateur de *L'Accordeur* n'hésiterait pas une seconde.

Pour le moment, tout reste en suspens. Lou dort certainement à l'heure qu'il est. D'un œil, je surveille la porte, espérant qu'elle ne va pas s'ouvrir sur mon ami, de l'autre j'observe la jeune femme qui a cessé ses manœuvres de séduction un peu trop surjouées, sans pour autant m'oublier, comme si j'étais la personne la plus importante de l'établissement. Je vois qu'elle cherche une occasion de conversation sans trop savoir comment s'y prendre. Des sourires plus que craquants me sont adressés. Peut-être devrais-je faire le premier pas. Je sais que je suis très mauvais dans ce rôle. Si seulement je pouvais trouver les mots qui lui feraient l'effet d'une caresse.

Elle a fini par me parler avec une extrême gentillesse. J'en suis encore bouleversé. Elle s'appelle Léna et travaille dans une bibliothèque proche du restaurant L'Épervier. « Je m'appelle Magdalena, me dit-elle, mais on m'appelle Léna, on m'a toujours appelée Léna. Aujourd'hui, je ne réponds pas lorsqu'on m'appelle Magdalena, je n'arrive pas à m'identifier à ce prénom. » Quand elle parle je ressens quelque chose d'exceptionnel dans les vibrations de sa voix. Une vraie musique qui ne cache pas pour autant le sens de ce qu'elle dit. Le livre est son sujet favori. Bien qu'elle ne soit pas du genre à se décourager, elle dresse de la situation de la lecture publique un tableau accablant. D'après elle, comme pour beaucoup de ses collègues qui voient leur passion mise à mal, elle passerait des journées entières dans un désert. Seule la presse attirerait encore quelques lecteurs, des clochards, en hiver, venus se réchauffer, si l'on met de côté les scolaires qui utilisent les lieux comme maison de rendez-vous.

Je parle à Léna et je pense à Lou.

Je suis victime de la promesse jamais tenue d'une autre vie.

Avec Lou je suis très heureux, mais j'ai l'impression certaines fois que le bonheur nous échappe.

Je note dans mon carnet cette phrase qui trotte tout d'un coup dans ma tête. « Le bonheur nous échappe. » Je sais que je ne devrais pas écrire ça, et surtout le penser, car je ne cesse de chérir Lou ardemment, même si la vie commune, comme toute vie commune sans doute, est moins simple que je l'ai laissé entendre.

Le soir, lorsque nous dînons, je me surprends parfois à ne plus l'écouter. Je fais semblant, me contentant de hochements de tête. Mais je suis ailleurs. Je pense à autre chose. Par exemple au mal que, sans le vouloir, je suis amené à lui faire, sans m'en offusquer pour autant au motif que j'ai toute la vie devant moi. J'ai donc tout le temps de me faire pardonner.

Le serveur nous apporte un troisième verre de vin. Je ne le désire pas, mais je ne le repousse pas non plus. Je sais qu'au quatrième, la nuit ne cessera pas. J'en ai terriblement besoin, mais aussi terriblement peur. Lou ne me le pardonnerait pas. Aucun doute là-dessus. C'était la seule chose que je redoutais : la réaction de Lou. Et cette chose envahissait peu à peu toute la place.

Léna m'a demandé ce que je faisais. « Dans la vie », a-t-elle précisé. Je ne sais jamais très bien comment répondre à cette question. Quand je dis que je travaille la terre, on ne me croit pas. On regarde aussitôt mes mains, qui seraient comme un aveu de mensonge. « Vos mains mentent, me dit-elle, je parie que vous êtes écrivain, vous avez des mains d'écrivain, des mains qui ne font rien. » Je passe aux aveux : le travailleur de la terre, c'est un personnage que je suis à la trace, le narrateur de *L'Accordeur.* Vous avez lu ce roman paru dans les années quatre-vingt-dix ? Moi, je suis également narrateur. Je me suis pris d'affection pour les personnages de *L'Accordeur,* et j'essaye de leur proposer cette *autre vie* qui m'est toujours refusée.

Nous étions les derniers clients. J'étais impressionné par le calme qui régnait maintenant à L'Épervier. C'était comme après le passage d'un cyclone. La distance que nous nous efforcions de maintenir entre nous se réduisait à vue d'œil. Je ne pouvais pas m'empêcher de désirer me serrer contre Léna. Le moment était proche où elle allait entrer dans l'histoire. Mon histoire. Et lui donner une autre tournure.

À mon tour, j'interroge la jeune femme, non pas sur son activité actuelle, je sais qu'elle est bibliothécaire dans le quartier, mais sur son passé. Elle me confie avoir vécu avec un ancien normalien, agrégé de philosophie, qui, las des contraintes de l'enseignement et du peu d'intérêt des jeunes pour la discipline, avait décidé de se consacrer à ce qu'il aimait vraiment, le travail du bois. Il s'était construit un petit atelier dans le jardin de leur maison pour y façonner, du matin au soir, des objets et des petits meubles. Malheureusement, les clients ne se précipitaient pas. Alors pour boucler ses fins de mois, il postula dans son village à un emploi d'agent communal qui venait de se libérer. Très tôt le matin, on le voyait, selon les saisons, balayer les feuilles mortes, dégager les routes enneigées, nettoyer les balançoires dans le square du village. La jeune femme a eu beaucoup d'admiration pour cet homme qui ne s'en est pas laissé conter dans ce monde dévastateur.

Le lendemain matin, je n'avais pas besoin de consulter mon agenda, ce que je voulais, avec une volonté effrénée, c'était retrouver Léna à la bibliothèque. J'avais hâte de la revoir. En même temps, notre rencontre, j'aurais voulu simplement l'imaginer, et qu'elle n'ait jamais existé. Elle me tourmentait justement comme un rêve. Je n'arrivais pas à l'oublier, tout en ayant conscience de me fourrer dans un dangereux guêpier. Je pensais à elle à tout moment, alors que j'étais incapable de me souvenir ne serait-ce que des traits de son visage. Je lui attribuais des yeux gris-vert, des cheveux aile de corbeau. Rien de moins sûr. Les choses se cachaient dans la pénombre d'un souvenir qui ne datait pourtant que de la veille. De toute façon, Léna était investie par la nuit. Elle avait cette beauté spéciale, nocturne, qui caractérisait les actrices, et me met au bord des larmes sans prononcer un mot.

La perspective d'être de nouveau avec elle me plongeait dans un état de grande tension. Mon cœur cognait dans ma poitrine. J'étais en vérité éperdu de peur et de honte. Incertain d'aller jusqu'au bout, d'en avoir le courage. Au fond, j'étais un brigand, un voleur, je voulais dérober à Léna un peu de sa jeunesse. La braise, avec elle, ne s'éteignait jamais, j'en avais l'intuition. D'un instant à l'autre, à la moindre étincelle, le feu repartait.

Pas question de revenir sur mes pas, de me retourner, de regarder derrière moi. Trop tard, même si j'avais voulu que la rencontre de L'Épervier n'ait jamais eu lieu. Alors que je me rapproche de Léna, mes pensées vont à Lou. Je l'imagine lisant dans son lit, soutenue par le thé vert japonais que je lui ai préparé avant de partir. Si seulement j'avais pu ne pas la quitter… J'avais tant de choses à lui dire, des choses importantes, remises à plus tard du fait de mon impatience à rejoindre la bibliothèque et cette histoire qui n'en finit pas de commencer. Je pourrais parcourir des kilomètres et des kilomètres pour rejoindre Léna sans cesser de penser à Lou.

Trop tard… Trop tard… Ces deux mots devenaient mon leitmotiv.

J'étais perdu. Comme coupé du monde qui avait été le mien jusque-là.

Tirer un trait sur le passé, c'est impossible.

Infléchir le cours de l'avenir ?

Impossible.

Lou est pour moi le cœur de la vie, le centre du monde. Moi qui ne cesse de le dénoncer, je suis en train de franchir le cap du mensonge. Je suis, comme le monde, au bord du chaos. J'aime Lou. J'espère Léna.

À deux pas de la bibliothèque, je me ravise. J'appelle Léna pour lui dire que je viendrai demain. Je n'ai plus le courage d'affronter la situation aujourd'hui. Comment me faire pardonner ? Les mots tournent dans ma tête pour justifier le contretemps. J'invente une histoire à dormir debout : mon fils veut me voir de toute urgence. Je regrette aussitôt l'invention de ce cas de force majeure assez peu convaincant et me traîne péniblement sur le chemin du retour. Il est temps que je mette ma vie en accord avec mes convictions. Mais quelles sont-elles mes convictions ? Il y a mon amour pour Lou, c'est évident. Puis le désir de retrouver le temps de la naissance de notre amour, ces jours d'intensité que m'ont rappelé si fortement le regard et le sourire de Léna. Je suis traversé par l'idée qu'il est possible de reprendre sa vie en un point qu'on a toute latitude de choisir, au détriment du reste qui tomberait automatiquement dans l'oubli. Pour moi, ce serait le moment miraculeux de la naissance de l'amour. Du triomphe de l'amour. De mon amour pour Lou. La difficulté est qu'il n'a pas faibli progressivement au fil du temps jusqu'à disparaître comme il arrive trop souvent. Peut-on le concilier avec mon amour naissant pour Léna ? J'observe seulement aujourd'hui qu'au moment même où je réaffirme cet amour, celui que je voue à Lou est toujours là. Pas d'usure du temps. Je me souviens de tout. Le premier baiser. La première nuit. Le premier petit matin. Nos retards respectifs à des rendez-vous de travail pour cause de baisers prolongés démesurément. Rien d'autre n'avait d'importance à nos yeux que la possibilité d'être ensemble. C'était comme si un courant électrique passait entre nous pour résumer les choses simplement.

Tout à coup, alors que la maison n'était plus très loin, l'effroi fondit sur moi. Et si ma lâcheté me menait tout droit au chaos ? Pourquoi ne pas se laisser porter par la vie ? Je ne suis jamais où je devrais être. Je continuai ma marche sans trop savoir si je voulais retrouver Lou malgré mon amour intact. Mes pensées se bousculaient dans ma tête. Demain, je passerai à la bibliothèque. Il ne pouvait pas en être autrement. Avec Léna nos sorts sont dorénavant indissociables. Je devrais dire : avec Lou et Léna. Demain ou après-demain, tant je redoute de m'égarer en territoire inconnu. D'être au bord de m'effondrer et de tout perdre.

Les jours suivants, j'ai fait les premiers pas sans aller jusqu'au bout. Sans même avoir la courtoisie d'appeler Léna pour la prévenir de mon absence. J'aurais voulu que quelque chose – que je ne saurais définir – finisse par se briser, que Léna mette d'elle-même un terme à cette histoire qui n'a d'ailleurs pas commencé. Ce serait la preuve d'une grande générosité qui nous permettrait d'aller de l'avant chacun de son côté.

En attendant, Léna ne capitule pas. Elle ne semble pas tirer la leçon de mes atermoiements et m'appelle de temps à autre pour prendre de mes nouvelles. « Je ne veux pas vous harceler », me dit-elle. Elle se contente chaque fois de m'adresser un signe dans l'espoir que je ne l'oublierai pas et viendrai un jour visiter la bibliothèque. « Même si elle est loin, ajoute-t-elle, d'être l'axe de mon existence. L'axe absolu, je vous l'ai dit, c'est le piano. » Pas celui qui réjouit les habitués des salles de concerts, qui écoutent les yeux fermés et prétendent à la sortie s'être « régalés », l'un des mots les plus laids de notre langue, mais celui, au contraire, qui vous dérange, qui réveille en vous les émotions les plus archaïques.

« Celui dont je ne peux plus vivre, vous vous en doutez. Mon agent a cessé de me programmer à cause de mes silences. Le public n'en pouvait plus. Je me concentrais trop longtemps devant mon piano avant de commencer à jouer. Le silence était vécu comme une agression. Le public était très excité, s'il avait pu me lapider, je n'exagère pas, il ne s'en serait pas privé. Plutôt le vacarme que le silence. »

La passion de Léna pour la musique est en fait une passion pour le silence. C'est au nom du silence, je crois, qu'elle a abandonné le piano.

Mais tout de même, à propos du piano, elle n'a pas hésité à parler d'une passion absolue. L'attitude du public, d'une bêtise à pleurer, n'a rien à voir avec sa vie. Le public n'est pas maître de sa vie. Et même de la part la plus infime. Elle aurait dû continuer, ne serait-ce que pour elle seule, de la même façon que je continue à écrire sans me préoccuper d'autres lecteurs que moi-même. La seule différence étant que j'hésiterais peut-être à qualifier l'écriture de passion absolue. Heureusement, mes passions sont multiples et évolutives.

Je n'arrive pas à comprendre comment Léna peut vivre loin de sa passion absolue. Je sais que depuis son arrivée à la bibliothèque, elle n'a pas touché à un piano. Elle me l'a dit sans que j'y prête grande attention à L'Épervier l'autre soir. Elle doit faire partie de ces artistes pour qui la pratique de leur art est exclusive. Il n'y a pas plusieurs territoires au pays de leur sensibilité. Face à la nécessité de gagner sa vie, elle a fait le choix de la bibliothèque. Une pratique, selon elle, plus humaine, qui requiert, mais d'une autre façon que la musique, beaucoup de soi. Je m'interroge sur cette bifurcation. N'est-ce pas se donner l'impression de suivre le cours de sa vie sans être dans son rôle ?

Les journées sans Léna se succédaient. Lui téléphoner était mon obsession de tous les instants. Mais lui téléphoner pour lui dire quoi ? Je n'avais rien de précis à lui dire, sinon mon désir d'être avec elle par tous les moyens possibles, d'entendre ne serait-ce que sa respiration, faute d'entendre sa voix et de pouvoir lui dire que je l'aimais, car il me semblait bien que je l'aimais, à supposer que je sache ce que le mot veut dire, tant il est toujours à venir et, lourd, donc, de la menace de s'effondrer dans la torpeur des mots de tous les jours.

Lui dire que je l'aimais, j'en avais la certitude *aujourd'hui* sans éprouver le besoin de creuser mon sentiment davantage. J'étais pressé d'être le narrateur d'un récit dont j'ignorais où il devait nous mener. Pressé de me retrouver dans ses bras.

Oui, dans ses bras…

Il m'a fallu du temps pour me demander si Léna, que je croyais avoir déjà rencontrée quelque part dès le premier instant où je l'ai vue, n'était pas cette jeune femme dans les bras de laquelle j'avais vécu toute une nuit dans un dancing dont j'ai oublié le nom, qui m'avait occupé une bonne partie d'un récit (ou plutôt d'un roman) et d'un certain nombre de fragments épars, baptisés abusivement « poèmes ». J'avais eu un mal fou à trouver l'endroit. J'y étais arrivé dans la lumière du petit matin après m'être égaré la plus grande partie de la nuit. Avec l'espoir de rencontrer enfin l'amour. Mais j'étais reparti seul au milieu de la matinée en pensant que c'était sans doute mieux ainsi.

Tout ce que j'avais manqué, perdu, ruiné tout au long de ma vie… En dresser la liste aujourd'hui dans la perspective d'une autobiographie… La mémoire, hélas, me fait défaut. Peut-être me protège-t-elle de mes échecs à répétition. Je ne me souviens que de quelques pics qui ne me montrent pas forcément sous mon meilleur jour. Avec la jeune fille du dancing, par exemple, je crois avoir tourné les talons sans même lui dire au revoir. J'avais honte d'être un danseur si maladroit, incapable de trouver les mots appropriés. Je lui ai fait une vague promesse de revenir le lendemain, ce que je savais impossible. J'allais continuer ma route avec la ferme volonté de ne jamais prendre racine nulle part. Je supposais qu'elle-même avait accueilli ma promesse avec indifférence. C'est d'ailleurs tout ce qu'elle méritait, cette promesse, vu mon incapacité à assumer le rôle que je feignais d'endosser. Qui voudrait revoir une demi-portion comme moi ? Dialoguer avec un muet ? Être l'amoureuse du dernier des crétins ? Je me faisais la réflexion qu'il ne me restait qu'une issue : aller sur les routes, de dancing en dancing, rien que pour tenir chaque fois une jeune fille dans mes bras, sans un mot, jusqu'à ce qu'elle les desserre pour se libérer et répondre à une invitation plus excitante. Un bref instant, elle m'aura permis de combler le manque à cause duquel je ne parviens pas à relever la tête et à oublier tous les espoirs déçus qui le creusent.

Mais Léna ? À un moment il faut trancher. Tout le monde le dira. Plus facile à dire qu'à faire. Certainement pas, ici, au détriment de Lou. Ce serait impossible. Oublier Léna ? Également impossible. Plutôt se jeter par la fenêtre. Entre l'une et l'autre, mon amour était sur une ligne de crête. C'était la première ligne du nouveau chapitre de mon histoire. Je m'apprêtais à l'affronter. J'allais m'approcher de Léna, essayer de lui parler. Je n'y parvenais pas encore. Parler à Lou ? Je connaissais déjà sa réaction. Elle m'avait si souvent dit que l'amour ne s'accommodait pas du partage, qu'elle voulait passer avec moi un pacte de vérité, qu'elle respecterait de son côté le cas échéant. Elle s'excusait d'avoir des principes de l'ancien temps. Mais c'était sa conviction. À aimer deux personnes à la fois, on laisse vide la place de l'amour. Je me rappelais qu'elle avait ajouté qu'elle ne pourrait plus aimer quelqu'un qu'elle mépriserait. C'était peu engageant. Je m'enhardissais à lui rappeler qu'évidemment l'amour n'était pas un sentiment qu'on pouvait tenir pour acquis définitivement même si l'on se jurait souvent un amour – et une fidélité – éternel. Plus audacieux, j'allais jusqu'à lui suggérer que la personne qu'on aimait portait en elle la trace de toutes les femmes – ou de tous les hommes – qu'on aurait pu ou qu'on pourrait aimer.

« Je suis ravie de vous accueillir, me dit Léna, inhabituellement cérémonieuse, lorsque je franchis la porte de la bibliothèque. Il y a une semaine au moins que j'attendais ce moment. » Ses yeux brillaient. Elle était si belle que je n'osais pas lui parler. J'avais bien préparé deux ou trois phrases pour la circonstance, mais elles ne me paraissaient plus adéquates. Je me contentai d'un sourire. Je lui aurais volontiers donné un baiser si je n'avais pas craint de la mettre dans une position délicate sur les lieux de son travail. En fait, la salle de lecture était pratiquement vide. Il y avait seulement, assis dans un coin à l'écart, le jeune homme sénégalais qui avait fait une apparition l'autre soir à L'Épervier. Un abat-jour vert projetait un cercle de lumière sur ses papiers. Quand il vit un visiteur, il prit le premier livre qui lui tomba sous la main et se plongea dans sa lecture. « Il se passionne pour les fléaux et les catastrophes, dit Léna. Des éruptions volcaniques aux éboulements et avalanches en passant par les épidémies et bien d'autres événements explosifs. Je me demande comment et pourquoi cette idée lui est venue. Et à quoi il destine son travail. Grâce à lui, en tout cas, je ne me trouve pas seule du matin au soir. Car il m'arrive de rester assise toute la journée sans rien faire, sinon rêver, quand tout va bien. » Léna, en effet, était livrée à elle-même faute de lecteurs. La bibliothèque était pour elle un excellent terrain d'observation et un baromètre de la situation de la littérature. D'après elle, il n'y avait pas si longtemps, on empruntait encore des romans d'amour, des livres policiers ou de science-fiction, des romans d'espionnage. Ce n'est plus le cas aujourd'hui. Les séries télévisées ont supplanté tout ça, les BD, les mangas... L'habitude de lire, ce qu'on appelle lire, se perdait lentement mais sûrement. Beaucoup n'avaient pas oublié celle d'écrire, en revanche. Un nombre incalculable de manuscrits ne trouvaient pas preneurs chez les éditeurs, mais lire, désirer un livre, était une autre histoire, qui tournait de plus en plus mal. Tout le monde semblait se désintéresser de la chose, y compris les lecteurs professionnels, tels les journalistes, peu enclins à écrire sur des livres qui ne s'adressaient qu'à un nombre restreint de lecteurs, quand ils trouvaient leur public, ce qui ne se produisait pas toujours. Les libraires, eux, restaient prudents, sauf magnifiques exceptions bien sûr, mais on comprend que leurs espaces soient trop irrémédiablement limités pour qu'ils s'aventurent dans des voies commercialement risquées, pour ne pas dire désespérées.

Cette malédiction n'échappait pas aux bibliothèques, s'agissant des lectures innocentes, à la différence des lectures contraintes, scolaires et universitaires, qui motivent d'autres catégories de lecteurs dont la passion s'élève et se meurt plus ou moins vite.

En écoutant Léna, j'étais attentif à ce qu'elle disait, évidemment, car j'en partageais non sans inquiétude l'expérience, mais avant toute chose, je sentais intensément sa présence. N'était-ce qu'une illusion, cette présence, qui ne viendrait certainement pas à bout de la réalité prénommée Lou ?

J'étais pour ainsi dire dans l'innocence d'un lecteur.

Tout ce qui ne la concernait pas directement passait pour moi au second plan, restait complètement dans le flou. Je n'oserai pas avancer que c'était aussi le cas de Lou. Mais Lou fait exception une fois pour toutes. Elle n'est pas l'autre. À la limite, je ne la vois pas. Je ne suis pas le mieux placé pour la voir, car elle est une partie de moi-même. Elle a disparu en moi.

Le fils du narrateur de *L'Accordeur*, c'est une autre histoire. Il a toujours été déroutant. Comment s'appelle-t-il ? J'ai du mal à identifier les personnages par un nom. Le fils de cette histoire, on ne sait pas ce qu'il pense et même s'il pense quoi que ce soit. J'ajouterai : s'il désire quoi que ce soit. Vers quoi tend-il les bras ? C'est difficile à dire, car, quand par miracle il prononce une phrase, il la laisse le plus souvent inachevée. J'ai voulu en savoir un peu plus, j'ai mené l'enquête. À un moment, il s'est intéressé aux arbres, il accumulait les livres sur le sujet au point d'avoir rassemblé une collection impressionnante qu'il était fier de montrer à ses visiteurs. Mais si ceux-ci avaient la curiosité de l'interroger sur une essence, il restait coi. Impossible de lui soutirer un mot. Apparemment, il n'avait rien retenu de ce qu'il avait lu, à supposer qu'il ait lu quelque chose. Je pense personnellement qu'il n'a jamais lu aucun des livres de sa collection. Il se contentait de regarder les images le jour de leur achat, puis ses acquisitions prenaient place sur les étagères, sans ordre particulier, pour ne plus en sortir. À force d'essayer d'en parler avec lui, il m'a semblé que ce qui l'intéressait avant tout dans les arbres, c'étaient leurs racines, ces organes souterrains qui les fixent au sol en leur donnant une attache profonde en un lieu. Une interprétation à lire peut-être comme un portrait. Ce ne serait pas étonnant. Même s'il est difficile de faire le portrait de quelqu'un qui a toujours caché la réalité de sa vie.

Quant à la vie des arbres, elle va si vite en réalité, quoi qu'on en pense, que le fils finit par se détacher même des racines. Sa passion s'affaiblissait. Il méditait de moins en moins sur ces questions. À son tour, son père avait de plus en plus de mal à lui arracher un mot. Il n'obtenait aucune explication. Ce qui devait arriver arriva : la bibliothèque fut vendue. « Pour qu'on cesse de lui poser des questions », dit-il. Certains en conclurent qu'il y avait quelque chose dans sa tête qui ne tournait pas rond.

Ce que j'en pense ? Je crois qu'il n'aurait voulu aimer que des choses qui ne meurent jamais.

Quelque temps plus tard, il changea d'orientation pour renouer avec une histoire antérieure dont il ne disait jamais rien. Son père avait une vague idée sur les raisons de son silence. Il se risquait à l'interroger, notamment sur la figure du grand-père, le père de son père, qui éleva longtemps l'enfant, puis l'adolescent, pour lui faire respirer le bon air de la campagne en l'associant de temps en temps à ses activités, assez particulières, il faut bien le dire. Pour toute réponse, quand son père approchait cette zone secrète, il fronçait les sourcils, ne cachait pas son impatience, puis fredonnait des airs qu'il avait entendus à la radio dans ces années-là. Il avait douze, treize ans, il aimait beaucoup la radio. La nuit, il collait à son oreille un poste glissé sous les draps. Il racontait souvent son plaisir d'écouter vers minuit des femmes et des hommes qui cherchaient leurs mots. Je ne pense pas que ce soit encore le cas aujourd'hui. Il est possible que la radio soit frappée désormais de la même malédiction que la littérature. Rares sont ceux, je crois, qui en mesurent l'impact.

L'enfance du fils – j'ai décidé ce matin de l'appeler John – ne fournit pas un matériau inépuisable. Elle est, pour une large part, une approche de la mort par différents moyens. Son grand-père, le père, donc, du narrateur, qui l'a élevé, était le fossoyeur du village où il s'était retiré et fait connaître comme le loup blanc des quelques habitants d'alentour. Chacun d'eux était une histoire qui attendait son dénouement. Et le grand-père était là comme un tireur embusqué. Il fouinait dans les coins à l'affût des cadavres.

John, lui, encore enfant, était déjà convaincu que la vie lui avait filé sous le nez. Pour échapper à la violence du monde, il croyait qu'il suffisait de ne plus emprunter les chemins désenchantés mais uniquement ceux en voie d'extinction.

Il devait probablement à son grand-père l'apprentissage de la terre incrustée dans le réel. Partout à la ronde, il n'y avait que la terre nue et pratiquement déserte où vivre des journées sans but dans l'attente des prochaines funérailles. Peut-être est-ce ce qui lui a donné l'idée de tenter de gagner sa vie, à son tour, comme fossoyeur, profession modernisée au gré des aléas du temps. Il annonça la nouvelle comme si sa décision était le va-tout d'un joueur qui n'a plus rien à perdre.

De toute façon, c'était une bonne décision qui devait rassurer son père. Il disposerait enfin d'une activité concrète pour s'occuper. Avec une clientèle inépuisable : c'est malheureux à dire mais, à regarder les choses de près, tout nouveau-né est un mort en puissance, un contrat à venir. Personne ne peut y échapper. Il pourrait également donner libre cours à ses talents artistiques et à son goût pour le végétal en décorant les lieux de repos des défunts par des compositions florales dont il assurerait la conception et se chargerait de l'entretien. Ce qui ne lui interdirait pas d'accomplir, évidemment, les autres tâches liées aux funérailles, certes plus ingrates, en matière d'organisation et de coordination des obsèques. Mais avec un peu de chance, si ses prestations étaient appréciées et remarquées, il serait éligible au Label Dignité Funéraire, ce qui lui fournirait un excellent argument de vente auprès d'une clientèle forcément hésitante dans un domaine où l'on n'a le droit ni à l'erreur ni au repentir. Grâce à la mort, John donnerait un sens à sa vie en jouant à sa manière le rôle de trait d'union entre les morts et les vivants. Encore faudrait-il qu'il accepte de faire quelques lectures pour nourrir ses prestations avec une originalité que lui envieraient ses concurrents. La vie des saints l'aiderait certainement dans ses prises de parole. Il pourrait en lire des extraits la gorge serrée, en ménageant de longs silences comme à la radio qu'il aimait écouter autrefois. Les clients afflueraient. La vie passerait vite. Son regard trouverait peut-être une certaine douceur.

Les jours ont passé mais Lune, l'Africain amoureux des catastrophes, est toujours à sa place, seul, dans la bibliothèque. Léna, aujourd'hui, ne se montre pas. Quand elle reste invisible, il en profite pour aligner des phrases qui m'ont paru totalement illisibles. Inutile de lui demander ce qu'il écrit. « J'aurais préféré, répond-il, chercher mon père de mes yeux. » Je me suis éloigné. J'ai vainement essayé de comprendre ce qu'il voulait dire. Il parlait tout seul en écrivant, s'arrêtant de temps à autre pour balayer la salle de lecture du regard. Non, elle n'était pas là. Elle ne se montrait toujours pas. Elle ne viendrait pas aujourd'hui. Il pouvait continuer à écrire, et à y prendre à l'évidence un certain plaisir. L'important était d'écrire. Il serait bien temps, beaucoup plus tard, d'essayer de déchiffrer les phrases.

« Ce ne sont pas des pensées d'amour, consentit-il à me dire. Léna m'a demandé de tenir ma langue. Écrire est une façon de le faire. J'écris pour ne pas parler.

Car je connais le crime. Je connais le coupable. Je suis le seul témoin et j'ai beaucoup de mal à me taire. Certains secrets sont trop lourds à porter. On irait jusqu'à proposer au premier venu de partager le fardeau. »

Lune, témoin de quel crime ? Et comment peut-il connaître le coupable, lui qui vit dans une solitude absolue, perdu dans ses rêveries, réconforté à de très rares moments par l'attention de Léna, qui veille sur lui ?

J'essaye de saisir des mots au vol, mais c'est impossible, vraiment, de les déchiffrer. Ce serait facile de supposer qu'il écrit ce qui lui passe par la tête, déjouant par avance toute signification. Ce ne seraient que des gribouillis, des griffonnages. Je suis convaincu qu'il faut aller voir plus loin, qu'il y a autre chose. Que Lune n'écrit pas seulement pour se changer les idées.

Il est chez lui à la bibliothèque. C'est son vrai lieu, sa maison. Ce n'est pas une façon de parler. Il n'a pas d'autre abri. Il dort sur un carton, dans un sac de couchage, sous un porche d'immeuble. Je l'ai aperçu il n'y a pas longtemps en m'assurant qu'il ne me voyait pas. Il n'a avec lui qu'un sac à dos où sont rangées ses quelques affaires. Ses carnets, surtout. Il me l'a dit. Ses révélations illisibles. Je pense aux « microgrammes » de Robert Walser, l'écriture minuscule que l'auteur de *La Promenade* pratiqua avant l'interruption définitive de l'écriture en 1933.

Mais Lune n'a certainement pas lu Walser. D'ailleurs peu nombreux sont sans doute les lecteurs de Walser aujourd'hui. D'après Léna, elle me l'a répété, Lune ne s'intéresse qu'aux livres sur les catastrophes. Pour lui, le monde s'est resserré sur des catastrophes. Leur impact sur son imaginaire est considérable. Pour ne pas dire catastrophique. Ce qu'il en retient, il le transpose dans sa vision du monde. Les forêts brûlent. Les maisons sont détruites par des inondations ou des tremblements de terre. Partout éclate la guerre. Des hommes sont égorgés. D'autres, sur un bateau délabré, sont entraînés par le courant vers la haute mer, alors que la côte est de plus en plus proche. C'est toujours une fin sans témoins ou presque. Tous, autant que nous sommes, nous devons nous attendre à jouer notre vie à chaque traversée sans que la lumière ne soit jamais faite et dans l'indifférence générale. De quelque côté qu'on se tourne, pas de planche de salut. Le monde est en train de se noyer sous les yeux du monde.

Lune, malgré tout, ne perd pas confiance. Il a la certitude que son étoile ne le trahira pas. Le temps n'est pas encore venu de se jeter par la fenêtre ou de se brûler la cervelle. Il écrit. S'il trace au grand jour des mots indéchiffrables, c'est qu'aucun n'est capable d'exprimer la douleur qu'il ressent lorsqu'il pense au secret dont il a été témoin et qu'il a fait vœu de garder résolument pour lui.

Que faire d'un secret si bien gardé ? L'enfouir dans une fosse profonde et le couvrir de terre ? Ce serait sans doute la solution si le secret n'était pas enfoui dans sa tête. Sa tête est le tombeau du secret. « Je l'ai vu de mes propres yeux », disait-il. Et plus tard : « Garder le secret, garder le silence est l'œuvre de ma vie. »

Tout au plus fait-il allusion à la stupeur avec laquelle il avait accueilli cet événement fulgurant qui s'était accompagné pour lui d'un sentiment de désastre.

Je n'ai pas osé lui demander ce qu'il avait vu ; mais j'observais que c'était l'unique sujet qui lui tenait à cœur. Et l'unique sujet dont il refusait de parler. Seule Léna pouvait obtenir de Lune ce qu'elle voulait. Mais elle ne manifestait pas la moindre intention de l'interroger sur son silence.

Léna empile des cartons de livres sur un diable. Elle fait du rangement. Ces livres traînaient depuis plusieurs mois dans la salle de lecture. Comme personne ne les réclamait jamais et que les replacer sur leurs étagères la déprimait (elle y voyait un enterrement de première classe), elle a tardé à s'en occuper, indifférente à toutes les passions qu'ils contiennent. Elle le fait aujourd'hui sans enthousiasme. Comme si elle devait s'affranchir d'un fardeau. Chaque livre doit être remis à sa place, si l'on veut un jour le retrouver. Elle a choisi ce métier, elle doit en assumer les charges. Il est vrai que son effort ne sera pas récompensé. Personne ne désire rien. Pas de miracles. Il est improbable que ces livres trouvent un jour leurs lecteurs. Qu'ils trouvent de bonnes mains. Au fond, nous n'avons plus besoin de livres. Ce serait le secret de Lune ?

« Trop de jours de tristesse », dit Léna.

La salle de lecture est complètement déserte. La première chose qu'on remarque, en y entrant, c'est le silence. Le silence n'est pas le même quand subsistent des présences silencieuses. Même Lune n'est pas là aujourd'hui. En y pénétrant j'ai l'impression d'être un voleur. Quelqu'un entré par effraction. Je marche sur la pointe des pieds. Bien que la distance qui me sépare de Léna s'y prête, je n'ose pas élever la voix. Je parle avec une sorte de respect craintif, comme si j'étais dans une église.

Pour me donner une contenance, je prends le premier livre que j'aperçois sur une table. C'est une *Histoire des Fléaux et Catastrophes* de 1886. D'un certain Legrand, dont l'éditeur ne donne pas le prénom, hormis son initiale « P ». Un ouvrage destiné probablement à la jeunesse méritante, étant publié dans la Bibliothèque des Écoles et des Familles. Pas de mystère, Lune l'a certainement laissé à sa place, peut-être oublié. Pour autant que je puisse en juger après l'avoir parcouru à toute vitesse, il n'est question dans ce livre que de morts horribles, d'hommes en perdition ou à la dernière extrémité, exposés à des excès de souffrance. Je ne peux m'empêcher de le faire remarquer à Léna, qui me répond par un sourire, découvrant l'éclat nacré de ses dents. « Un jour, ce sera notre tour », ajoute-t-elle en approchant son visage du mien. J'ai bien cru qu'elle allait m'embrasser, mais elle s'est détournée au dernier moment comme on le voit faire dans des films. Elle préfère laisser le temps en suspens. En fait, elle a peur. Elle a peur pour eux deux, pour Lou, pour John, pour le narrateur… Elle a peur pour tous les personnages de cette histoire où la clarté fait bon ménage avec les ténèbres.

Sur la même table, sur une feuille A4, Lune a collé une photocopie de la liste des espèces susceptibles d'occasionner des dégâts à l'agriculture. Je lis : Martre des pins, fouine, corneille noire, geai des chênes, corbeau freux, pie bavarde, étourneau, sansonnet, renard roux, belette…

Je prends un air aussi détaché que possible pour cacher ma détresse. J'interroge Léna sur le secret de Lune. Sait-elle quelque chose ? Je lui avoue que j'ai besoin de savoir. J'ai l'intime conviction que le secret, le fameux secret, est la clé d'explication de la relation des personnages entre eux. Après tout, eux aussi sont de pauvres mortels à traiter comme tels. Pourquoi les choses doivent-elles attendre pour être révélées ?

Je ne lui en veux pas de ne rien savoir. Je ne pense pas qu'elle me cache la vérité, qu'elle partagerait avec Lune. Ma confiance est intacte. J'en suis sûr. Aucun doute.

Je suis de plus en plus attiré par Léna. Je voudrais la prendre dans mes bras, me lover contre elle. La serrer, presque, jusqu'à l'étouffer. Rester ainsi sans un mot le plus longtemps possible. Se contenter de chuchotements intenses. Je me représente la scène chaque jour dans un demi-sommeil alors que Lou dort encore, allongée contre moi. Avec Léna, c'est autre chose. Je ne pense plus qu'à nos deux corps qui n'en feraient plus qu'un. Je me souviens qu'il en allait de même avec Lou quand nous nous sommes rencontrés. Puis peu à peu nos corps se sont éloignés.

Nous aurons tout le temps nécessaire, plus tard, pour parler clair, Léna et moi. Je n'ai pas encore déclaré forfait. Je sais que le mystère frappe au cœur le petit cercle de personnages tracé depuis le début de cette histoire : le narrateur, Lou, John, Lune le témoin, Léna... J'oublie le grand-père qui pour le moment n'a pas de nom (je pensais à Isaac, mais le prénom prête à confusion) et dont le rôle ne doit pas être minimisé malgré son grand âge. Sans lever le mystère, pas moyen de les accorder, ces personnages, pas d'accord possible entre eux. À propos, qui sont-ils ? D'où viennent-ils ? Quel est leur but ? Vers où, vers quoi se dirigent-ils ensemble ou séparément ? On se donne toujours beaucoup de mal pour adresser la parole à des inconnus qui se voient soudainement partager votre vie en se frayant un chemin jusqu'au noyau familial. Leur grande facilité, malgré tout, à pénétrer un monde qui n'est pas le leur. À découvrir et à adopter de nouveaux mondes dont au départ ils ne savent pas grand-chose.

J'avais beau scruter attentivement ce qu'il se passait sous mes yeux, Je n'en apprenais pas davantage, le mystère restait entier. Seules les circonstances décidaient des bonnes et des mauvaises pistes. Lune, le témoin solitaire, ne semblait toujours pas décidé à parler. Il ne fallait pas s'attendre d'ailleurs à ce qu'il revienne sur sa décision. Il avait fait vœu de silence et il s'y tenait rigoureusement.

Qu'il soit le seul témoin est une chose, que d'autres personnages soient impliqués dans l'affaire en est une autre. Ce qui la compliquerait énormément. Et compromettrait la remontée aux origines du malheur. Une certitude : aucun ne sera sauvé sans les autres.

Avec Lou, ce ne sera plus jamais la même chose.

L'intensité des débuts. Si j'avais été du genre à hurler, j'aurais clamé mon amour partout et à tout bout de champ.

Je me souviens avoir voulu me faire greffer les yeux dans le cœur pour répondre à la violence du monde.

Notre amour se perd dans une soirée très lointaine. C'est dans un dancing qu'a commencé notre histoire. Je crois me souvenir qu'il s'appelait L'Eldorado. Des lumières colorées tenaient en respect une évidente désolation. Je m'étais assis à côté d'une jeune fille, dans un coin sombre, assez loin de la piste de danse. Je la voyais pour la première fois mais semblais la connaître depuis toujours. C'était un vrai rendez-vous. Je l'assommais de paroles pour lui faire oublier que je ne savais pas danser. Comment en faire l'aveu ? Ma crainte qu'elle m'emmène en plein milieu de la piste et que je sois la risée de tout le monde… Si j'avais fait toute cette route jusqu'ici, ce n'était pas pour me donner en spectacle. Mais pourquoi avoir choisi un dancing pour objectif, si c'était pour ne pas danser ? Montrer sa capacité à résister sans cesser de faire bonne figure ? Pour moi, parler c'était danser. Ça revenait au même. Mais depuis que j'étais là, j'avais trop parlé, beaucoup trop. J'étais exténué comme si j'avais dansé une bonne partie de la nuit.

L'arrière du dancing donnait sur un jardin. J'avais hâte de m'y rendre, d'être dans un semblant de nature pour faire reculer la parole : je n'étais pas du genre à polir les mots comme des galets en m'imaginant que j'étais au cœur de l'action. Je refusais de parler juste pour avoir la paix. J'avais aussi une terrible envie d'obscurité pour que puisse s'exprimer la force de mon amour, que j'avais de plus en plus de mal à retenir dans ses gonds. Le coup de foudre que j'étais en train de vivre bouleversait l'ordre de toutes choses. Je n'avais d'yeux que pour la jeune fille. Je m'apprêtais à couper tout lien avec mon passé. En l'espace d'un instant ma vie avait basculé.

Contrairement aux apparences, nous n'avions pas rendez-vous ce soir-là. Notre rencontre doit tout au hasard. Il s'en est fallu de peu, d'ailleurs, qu'elle n'ait jamais eu lieu. Quelle mouche m'a piqué ? Je voulais absolument retrouver un dancing repéré dans l'enfance au bord de la mer. Je me suis mis en route sans indications d'aucune sorte. Parti sans rien, je fonçais sur ma motocyclette, suivais un entrelacs de chemins ne menant nulle part. C'était un vrai labyrinthe, des champs que je parcourais en long, en large et en travers. Nulle présence, ni humaine ni animale. Pas de végétation. Aucune route tracée. J'étais loin, vraiment, des terres habitables. Ça ne me faisait pas peur, malgré des moments de doute qui m'incitaient à me demander à quoi bon. Pourquoi prendre le risque de tout quitter sans assurance de pouvoir revenir ? J'étais presque certain malgré tout d'atteindre mon but, quand bien même je ne trouverais pas le chemin. Je restais aux aguets, poursuivais ma route avec le futur en tête, l'avenir encore incertain.

Je refusais d'admettre que l'avenir était inscrit dans le passé. Je n'avais pas de plans pour le futur.

« Quand l'avenir nous lâchera, j'essayerai d'obtenir un répit plutôt que de renoncer, d'abandonner. » J'ai retenu cette phrase. Dans quelque domaine que ce soit, je n'étais pas en quête de passions éphémères et de renoncements. Le dancing n'était pas pour moi une réserve d'amourettes, mais le lieu de rassemblement de tout ce qui comptait à mes yeux, un foyer d'intensité.

Je m'arrête à L'Eldorado sans certitude que ce dancing soit le véritable objet de ma recherche. L'image que j'en garde est trop lointaine. J'essaye de me convaincre que je suis dans le vrai, que c'est bien celui-là. Je n'y crois pas vraiment. Peu importe, je ferai comme si. Me remettre en route pour en avoir le cœur net ne m'affranchirait pas de l'échec. Faute de connaître l'itinéraire, je serais à la merci d'autres illusions. Je dois me faire une raison : le vrai dancing aperçu dans l'enfance est à jamais perdu.

Donc, L'Eldorado.

Au début, je suis traité comme un intrus. Je suis une nouvelle tête. Je ne suis pas sûr de moi. On se demande ce que je viens faire là. La plupart des danseurs me dévisagent avec hostilité. Ils sortent leurs ergots comme des coqs de basse-cour. L'atmosphère est de plus en plus lourde. Je suis soumis apparemment à un examen de passage. Sur mes gardes, je m'attends à être provoqué, insulté. Que pourrais-je faire d'autre, alors, que déguerpir et perdre toute dignité aux yeux de la jeune fille, l'élue de mon cœur, qui n'aurait certainement pas envie, dans ces conditions, de courir se réfugier dans mes bras. Je l'ai aperçue dans un coin particulièrement sombre du dancing, cette jeune fille. Mais je l'ai *vue*, je suis ébloui par sa présence. J'ai tout de suite eu envie de la prendre dans mes bras. J'ai donc atteint une partie de mon but, mais pour me trouver aussitôt sur la corde raide, parmi toutes sortes d'illuminés et de fauteurs d'embrouilles. Je n'ose pas imaginer combien de cœurs ont été brisés sur la piste de L'Eldorado. Ici comme ailleurs, ce n'est pas gagné. Ce n'est jamais gagné. D'autant que rien de ce que je perçois, hormis la belle inconnue, n'est de bon augure. Pourtant, contre toute attente, sans trop savoir ce que je vais y chercher, c'est dans ce dancing d'un autre temps, dont l'authenticité est sujette à caution, que j'ai rencontré Lou, mon grand amour, la femme de ma vie.

Quand nous nous sommes connus, Lou et moi, nous avions une trentaine d'années. Je faisais des piges à droite, à gauche. Pour gagner sa vie, Lou s'est vu proposer, elle, un poste de speakerine à FIP, station musicale qui s'est fait repérer par le charme de ses animatrices. Sa voix enchanteresse a tout de suite plaidé pour elle. Quand elle annonce une musique ou lit un communiqué, elle suscite chez ceux qui l'écoutent une vraie énergie. Elle donne envie de prendre au sérieux les chansons les plus idiotes. Les auditeurs la réclament. Si c'était possible, ils aimeraient l'entendre vingt-quatre heures sur vingt-quatre. J'étais obsédé par le mystère de sa voix. Je n'osais pas le lui dire. Tout de même, j'étais un peu jaloux. J'avais l'impression que Lou distribuait des mots doux à la cantonade. Comment était-ce possible alors que, selon son propre aveu, les hommes qui apparaissaient dans son champ de vision quand son micro était ouvert étaient tous des vieux porcs ?

Je ne devais pas m'inquiéter. Elle me le disait avec une terrible douceur. Parfois avec une certaine indifférence. D'autres fois, avec une voix rieuse. Elle me jurait qu'il n'y avait pas de rival dans la coulisse. Toujours est-il que je me demandais ce qu'une jeune femme à la beauté si magnifique pouvait avoir à faire avec un vieux singe comme moi.

Je n'arrivais pas à comprendre comment on pouvait convaincre par des sourires. Et surtout pas comment la voix pouvait exercer une persuasion aussi redoutable. Pour moi, c'était une raison suffisante pour ne plus jamais écouter la radio. Il y a longtemps d'ailleurs que je ne l'écoutais presque plus.

De là à ajouter que c'est une raison suffisante pour ne plus lire un livre, il n'y a qu'un pas, que je serais bien en peine de franchir. Et pourtant… Les livres n'usent-ils pas eux aussi d'un art redoutable de la persuasion ? Je préfère ne pas me poser la question et regarder au loin sans rien dire.

Je n'aurais jamais pu me passer des livres. Que serait-il arrivé si je n'avais pas lu le *Rimbaud* d'Yves Bonnefoy, *Dans la chaleur vacante* d'André du Bouchet, *Le Bavard* de Louis-René des Forêts, *Le Lecteur* de Pascal Quignard, *État* d'Anne-Marie Albiach, *Le Renversement* de Claude Royet-Journoud, *Décimale blanche* de Jean Daive… Avant de rencontrer Lou, c'était parce que la solitude me pesait que je dévorais les livres. Cette habitude ne s'est pas perdue avec ma nouvelle vie. Nos soirées sont occupées par la lecture, soit que chacun lise son livre, séparément, soit que nous soyons tous deux occupés par le même livre. Lou dans ce cas fait la lecture à haute voix, le livre posé sur ses genoux nus.

Je l'avais prévu, mon récit est sens dessus dessous. L'émotion dicte mes phrases. Il m'arrive de faire comme si *L'Accordeur* n'existait pas. Il faudrait que j'arrête de me laisser entraîner par mon histoire et que je me rapproche du roman de 1996 de plus près. Pour le moment, j'en suis incapable. L'écart est trop grand. Les souvenirs sont trop forts. Certains même sont si forts qu'ils m'*éblouissent,* littéralement, au point que je m'aperçois, à la relecture, que je les ai plus ou moins passés sous silence, au risque de briser la cohérence de l'ensemble.

À L'Eldorado, nous avions l'air seuls au monde. Nous étions comme des animaux dans leur tanière. C'est là que notre histoire a commencé. Nous nous le répétons souvent. L'amour est toujours écrit dans nos yeux, dans nos voix. Dans notre audace, aussi bien. Contrairement à ce que je craignais, le lieu nous a porté bonheur : nous y reviendrons de nombreuses fois. Les autres souvenirs sont incertains. Je peux dire néanmoins que tout est parfaitement clair. Nous sommes tombés à jamais sous le charme l'un de l'autre et nous ne pouvons imaginer qu'il soit rompu un jour. Quelques mois après notre rencontre, nous décidons de nous marier et de vivre ensemble, peut-être de fonder une famille. Non pas pour faire comme tout le monde, mais pour crier notre amour à la face du monde. Les jeux sont faits : nous avançons tous deux vers une destinée commune. L'amour qui s'est élancé, rien ne peut venir l'entraver, le retenir, l'étouffer. À mesure que les jours filent, il prend de la consistance, gagne en intensité.

L'un des points forts de ce dancing était la présence, très tard dans la nuit ou très tôt le matin, d'une pianiste venue prendre la relève de l'orchestre aux musiciens ensommeillés qui croyaient se rajeunir en se teignant les cheveux en blond. La pianiste était la douceur en personne. Elle ne détestait pas jouer pour un public bruyant et se souciant manifestement de la musique comme d'une guigne. Parfois, à l'adresse de quelqu'un en particulier elle choisissait un morceau dans le répertoire classique. Une nuit, Lou et moi l'avons attendue à la sortie pour lui dire combien nous avions été touchés par son jeu. Nous étions heureux de pouvoir lui annoncer qu'il y avait eu dans la salle au moins deux personnes qui l'avaient vraiment écoutée et qui en avaient été bouleversées. Puis nous l'avons raccompagnée jusqu'à la porte de son hôtel où nous nous sommes séparés sans échanger nos noms.

Si dans les nuits qui ont suivi on nous apercevait encore à L'Eldorado, c'était parce que nous ne pouvions pas nous passer de la pianiste. Elle avait supplanté la lecture dans notre emploi du temps. L'écouter était pour nous la meilleure façon de conclure une journée. Elle arrivait généralement au petit matin, terminant ici une tournée qui la faisait passer de dancing en dancing tout au long de la soirée et d'une grande partie de la nuit. La course de ses mains sur le clavier justifiait que ses admirateurs patientent si tardivement. La pianiste venait à bout des difficultés les plus acrobatiques en donnant l'impression que le jeu était d'une simplicité à toute épreuve. Seul son visage exprimait une profonde concentration. La tension se lisait dans ses yeux baissés, dans le dessin de ses sourcils et de son front. Elle faisait corps avec le piano, complètement ramassée sur le clavier. Parfois des larmes ruisselaient sur ses joues.

Et puis, sans que l'information soit annoncée ou commentée, la pianiste cessa de jouer à l'Eldorado. Personne n'était en mesure de donner une explication. Elle avait pris purement et simplement la poudre d'escampette. Partie sans laisser d'adresse, pas plus au dancing qu'à son hôtel. Était-elle fatiguée des railleries que le public lui faisait subir ? Lui avait-on proposé ailleurs un emploi plus conforme à son talent ? Nul ne le sait. Seuls ceux qui sont capables d'émotion comprirent leur malheur. Sans la pianiste, les ondes de ce dancing n'étaient plus bonnes. C'était comme si le monde se renfermait. Lou et moi, nous cessâmes de venir définitivement. Nous avons vécu cette absence comme une intrusion à haut risque dans notre intimité. Il y avait tout d'un coup une déchirure qui nous faisait craindre que notre bonheur ne fût pas complet. La pianiste nous avait donné un sentiment de sécurité qui avait disparu. Nous nous sommes surpris, tout d'un coup, à avoir peur. Peur de la faille qui finirait par briser l'intensité particulière de notre amour et fragiliserait peut-être notre avenir.

De la pianiste, nous ne conservions que deux ou trois photographies prises à son insu. Chaque fois que nous les regardions nous avions la chair de poule. Trop vive était l'émotion. Sa beauté nous rendait très fiers d'avoir été ses amis, mot que nous nous autorisions, non sans réserve, à employer. Après tout, nous ne nous étions parlé qu'une seule fois.

Des cris d'enfants arrivent de l'école en face. L'enseigne du bar d'à côté jette une lumière violette sur le trottoir. Je m'apprête à prendre Lou dans mes bras. Je veux lui chuchoter quelques mots tendres à l'oreille. Mais surtout lui parler pour dissiper un mauvais pressentiment. Elle fait un pas de côté. Puis elle tente d'esquisser un sourire d'excuse. J'aimerais l'emmener dans la chambre, m'assurer que tout n'est pas perdu. Elle me fait comprendre qu'elle a peur. Elle n'est pas la seule. J'ai l'impression que tout mon être est empli d'effroi. Si nous devions nous quitter, ce serait pour moi une souffrance inimaginable.

Loin en arrière, j'enchaîne les mauvais rêves. Toujours des histoires de séparation. Si grand était notre amour : je ne vivais plus si je n'étais pas près d'elle. Une nuit, Lou et moi, nous eûmes un accès de fièvre. C'était sans doute un signal, une alerte. Pour moi, vivre sans Lou était inconcevable. Je n'y étais certainement pas préparé. Pour elle, je ne sais pas. Nous nous sommes allongés tous deux sur le lit en nous tenant par la main. Nous sommes restés ainsi toute la nuit sans parvenir à nous endormir. Au matin, Lou m'annonça qu'elle attendait un enfant. Elle était plus belle que jamais. Ce scénario était redouté sans être jamais formulé. J'y pensais de temps à autre. Je me retournais alors dans notre lit, une bonne partie de la nuit, sans trouver le sommeil. Penser à la nuit qui allait venir, dans ces cas-là, était un cauchemar.

En un rien de temps, depuis l'annonce, tout avait changé. L'euphorie générale avait cédé la place à une certaine détresse. Lou voulait en tirer les conséquences avant qu'il ne soit trop tard. Pas question qu'elle ne garde pas cet enfant. Il donnerait du sens à notre amour. Pour elle, aucun doute. Elle en évoquait l'hypothèse au milieu d'autres propos qui l'avaient finalement emporté. Je n'avais pas eu à dévoiler ma pensée mais je n'avais rien perdu pour attendre. Maintenant, il n'était plus temps de tergiverser. Il fallait que je m'exprime clairement. Elle était au bord des larmes.

En vérité, je craignais que notre amour disparaisse si on y ouvrait une brèche pour y accueillir l'enfant. L'enfant annoncerait la fin de cet amour absolu qui nous avait rassemblés tous les deux. J'étais désarmé. Déplorais une vie gâchée. La paternité n'était pas un rôle auquel j'aspirais naturellement. Je me demandais aussi si l'époque, notre époque, se prêtait à un tel projet. Les journaux le répétaient à longueur d'éditions, l'avenir ne se présentait pas sous les meilleurs auspices. Jusqu'à la guerre, qu'on croyait d'un autre temps, qui faisait sa réapparition dans nos contrées. Notre responsabilité était immense. D'innombrables débats, des colloques internationaux posaient la question : Quel avenir pour nos enfants ? Les participants prenaient des airs graves et donnaient à leurs réponses des allures péremptoires. Toutes rendaient hommage au passé, puis on changeait de sujet. Beaucoup devaient penser malgré tout que leur progéniture vivrait dans un havre de douceur. Ils ne croyaient pas un mot de ce qu'ils lisaient dans la presse, convaincus qu'ils s'en sortiraient d'une manière ou d'une autre.

Pour Lou, on ne pouvait pas vivre éternellement la main dans la main, un livre sur les genoux. Il y avait une dimension de beauté dans la vie qui consistait justement à donner naissance à un être à notre image à qui, plus tard, il serait possible de parler comme à un confident, à un être de vérité. Celui qu'on considérait comme fragile, une partition du hasard, deviendrait un rempart contre la vulnérabilité qui finit toujours par nous gagner.

Elle aurait fait et dit n'importe quoi pour me convaincre. Elle en était loin. Je ne souhaitais pas cet enfant. Selon moi, notre amour était quelque chose de mystérieux, un trésor qu'elle tenait à la main et qu'elle s'apprêtait à laisser tomber soudainement, au risque de le voir voler en éclats.

L'enfant serait l'ennemi de l'amour, en somme, à l'exception cela va sans dire, de celui qu'on lui voue. Le problème est là. L'enfant peut recevoir la plus grande partie, sinon la totalité, de notre capacité d'amour.

L'ennemi de l'amour… Je tourne la phrase dans ma tête pour finalement la cacher dans le silence. Je me réfugie dans le silence, haut lieu de ma lucidité. Évidemment, ce n'est pas une affirmation à rendre publique. « Il faut parler », juge Lou, submergée par l'émotion. Ne pas craindre d'accueillir les événements qui transforment l'existence tout entière. En fait, je n'arrive pas à vraiment réaliser que Lou ne raconte pas d'histoires. Dans cinq ou six mois je verrai l'enfant de mes propres yeux. Un garçon, m'a-t-elle dit. Je n'imagine même pas que je pourrais ne pas laisser faire. Interrompre le processus. Maintenant, il est trop tard pour tout arrêter. Il faut aller jusqu'au bout.

J'avais le mal de l'amour comme d'autres ont le mal du pays. Tout cela était bien réel. Mes vieilles angoisses refaisaient surface. De quoi d'autre Lou voulait-elle me parler ? C'était urgent. « Dis-moi, est-ce que tu m'aimes, est-ce que tu es encore mon amoureux ? » Elle n'arrivait pas à comprendre la froideur avec laquelle j'avais reçu la grande nouvelle. Impossible de faire comme s'il ne s'était rien passé. Nous devions nous préparer d'abord au heurt des regards. Serions-nous capables de supporter nos regards ? C'est si étrange d'en être arrivés là.

Le jour n'était pas encore levé. Tout allait mal. Une fuite d'eau dans la salle de bains. La voiture en panne. Un rat aperçu dans la cuisine... Il y a des jours comme ça et c'est le jour que Lou a choisi pour accoucher d'un garçon – un très beau bébé, le portrait craché de son père, selon elle. Longtemps le père contempla le visage du nourrisson. Il le caressa sur tout le corps avec un doigt qu'il passait de temps à autre sur ses lèvres humides. Quoi qu'il fasse, l'émotion était perceptible. Au moins autant que l'anxiété de Lou. Mais je m'étais juré de ne pas desserrer les dents. Je ne souhaitais surtout pas envenimer les choses.

Lou, sans me l'avouer, en voulait beaucoup à son compagnon de la priver du bonheur et de l'émotion d'avoir donné naissance à son fils, simplement d'être mère. Je voulus la prendre par la main, me serrer contre elle. Elle se déroba. Trop de paroles avaient été dites. Impossible de revenir en arrière. Il ne peut être question de pardon. Mais chacun, désormais, vivait les tourments de l'autre. En réalité, je ne comprenais pas grand-chose à ces histoires d'enfant.

Elle eut une formule étrange : « Je reprends mon corps. » Puis elle m'annonça, en tournant son visage vers moi, qu'elle me quittait et qu'elle allait vivre loin d'ici avec son enfant. « Je pars demain. » Ce furent ses derniers mots. Ce n'était pas la première fois que Lou m'adressait des derniers mots.

Je l'écoutai en imaginant que j'étais en train de faire un mauvais rêve. Il me paraissait impossible que ce qui avait été dit soit ce que j'avais entendu. Pas l'ombre d'un doute. Cela ne pouvait plus durer cette histoire. J'aurais voulu la reprendre là où nous l'avions interrompue quand Lou m'avait annoncé qu'elle était enceinte. En guise de commentaire, j'aurais posé mes lèvres sur les siennes sans mot dire. Mais je n'avais su voir que moi-même, de sorte qu'il n'y avait plus personne autour de moi. Plus personne qui me prête un peu d'attention, sinon de sympathie. Qui fasse l'effort de me comprendre. Même Lou était une tout autre personne que celle que j'avais aimée.

Jamais je n'avais éprouvé un tel sentiment de solitude. Avec l'envie violente de voir l'enfant s'il n'était pas déjà trop tard.

Le narrateur de *L'Accordeur* a fait lui aussi l'expérience de la paternité. Les lecteurs du roman en savent quelque chose : l'amour d'un père pour son fils, thème central, s'effondre finalement dans un total silence. Pas moyen pour le père de desserrer les lèvres de son fils. Pourtant, les circonstances s'y prêteraient : le père, au prix d'un long voyage en voiture, accompagne son fils jusqu'à la porte d'un tribunal où il doit être jugé et probablement condamné à une lourde peine.

Impossible de connaître sa faute. Comme son père, je m'abstenais de lire les articles de presse qui lui étaient consacrés. Nombreux à l'époque, ce qui traduit l'importance de l'affaire. Ce n'était pas une broutille pour amuser les amateurs de faits divers. Je sais seulement qu'une photo est la seule preuve matérielle qu'on puisse lui opposer et qu'il a nié en bloc, au moment de l'instruction, toutes les accusations portées contre lui. Il invitait les juges à prendre la juste mesure des choses.

Je sais aussi que son avocat a cherché à lever des doutes et à examiner les éléments qui pourraient mener à des pistes plus favorables. Mais c'était peine perdue. De l'avis général, John, puisque je l'ai nommé ainsi à l'instar de mon propre fils, ne s'en sortirait pas.

Dans l'enceinte du tribunal, même s'il en a le droit, gardera-t-il ce silence jusqu'au bout, sans aucun soutien, privant l'histoire de son légitime dénouement ?

Nous ne pouvions pas faire comme s'il ne s'était rien passé. Nous entendions parler de graves accusations qui dressaient un tableau aussi implacable que dévastateur, susceptible de l'envoyer sous les verrous pour le restant de ses jours.

Lorsqu'il quitte la voiture de son père, à la fin de *L'Accordeur*, il me fait penser à un chien errant, les yeux grands ouverts, à la recherche d'un maître. Pas combatif pour deux sous. Jamais offensif.

Il faisait peine à voir, vraiment. Un écorché, disait son père, qui s'étiolait de toute part.

Je pensais à toutes ces vies possibles qu'on laisse filer comme s'il n'y avait plus rien à attendre.

Qu'on laisse filer, comme John, entre les quatre murs de sa prison, jour après jour sans voir le ciel, à l'écart des arbres et des fleurs, à l'écart de tout.

Plusieurs jours plus tard, Lou est toujours là. Elle est comme elle est. Elle ne passe pas son temps à s'inventer une apparence. Il y avait longtemps que je ne l'avais pas vue aussi amoureuse, d'un amour qu'elle avait du mal à contrôler. La vie semblait lui donner, tout d'un coup, ce qui lui manquait jusqu'alors, ce qui causait sa mélancolie chronique.

Lou m'avait prévenu un soir, le lendemain matin elle se lèverait très tôt. Surtout, que je ne me réveille pas, elle se débrouillerait seule. Je la vois qui se lève, en effet, au petit matin. Pas le courage de la suivre pour faire son thé comme d'habitude. Je reste sous la couette, à moitié endormi. Soudain je distingue des chuchotements. Deux voix qui se frôlent. Quelqu'un a rejoint Lou. Qui, de si bon matin ? La curiosité l'emporte sur le sommeil, je me lève et me dirige jusqu'à la porte sur la pointe des pieds. Lou est avec une femme, que je ne vois que de dos. Impossible de l'identifier.

Sinon qu'elles sont toutes deux de la même taille et que « l'invitée » a les cheveux noir corbeau.

J'ai mis aussitôt un nom sur la présence mystérieuse. Et j'ai compris immédiatement que je n'y pourrais rien. J'étais en dehors de l'histoire. Perdu. Coupé du reste du monde. Désespéré de ma faiblesse, semblable à celle d'un homme tenu en joue. J'étais passé en quelques secondes dans la ligne de mire de ce qu'il faut bien appeler le malheur.

D'abord, ce geste incompréhensible sur le moment. Lou prend les mains de la jeune femme et la rapproche d'elle, visage contre visage. Elle la serre dans ses bras et lui embrasse les lèvres. Embrasser est un terme faible. Elle lui dévore les lèvres qu'elle prend à pleine bouche.

Un amour jamais ressenti jusqu'alors. Le désir élevé à la puissance d'un absolu.

Un couple d'amoureuses. Deux tourtereaux, si je peux m'exprimer ainsi.

Lou m'aperçoit. Loin d'être troublée par ma présence, elle m'adresse son plus beau sourire, celui qui me rendait fou d'amour quand nous nous sommes rencontrés. Elle me lance des regards complices. Je ne suis pas un obstacle, j'ai ma place dans la scène.

C'était sa vie, cette scène. Elle accueillait une nouvelle venue dans sa vie. Pour le reste, ça ne changeait rien, ça ne me regardait pas.

« Puisque tu es levé, me dit-elle, je peux disposer de la chambre ? »

J'ouvris la bouche pour crier. Pas un son n'en sortit. La jalousie me rongeait.

Elles s'allongèrent sur le lit. Respirèrent l'odeur de leur peau, de leurs cheveux. Je regardai Lou, ne la quittai pas des yeux, mais elle s'effaçait, ne laissant visible que son sourire. Jusqu'aux objets autour de nous, tout s'effaçait.

Manifestement, elle n'éprouvait pas le besoin de s'expliquer, elle ne se sentait pas en faute. Raison de plus, pour moi, de l'aimer.

Je prends le parti de m'effacer à mon tour, de disparaître, en ayant soin de ne rien dire. Je suis abasourdi.

J'écarte le rideau de la fenêtre, rien que de la grisaille. Je vais disparaître dans cette grisaille.

La séparation a toujours été mon cauchemar. Nous y sommes. Je ne rêve pas. Je ne suis pas aussi malin que je voudrais le paraître. Quelque chose que j'avais été incapable de déceler replie la chambre sur elle-même. Je m'apprête à en subir le choc sans broncher.

Dorénavant, chaque fois que je suis dans une pièce, j'ai la certitude que quelqu'un s'y trouve même si je ne vois personne.

Cela fait plus de vingt ans que nous vivons ensemble. Jusqu'à preuve du contraire, pas de non-dits entre nous.

Je n'ai jamais eu beaucoup de chance. Ce que j'ai vécu me barre la route de ce qu'il me reste à vivre. Je suis le jouet d'un amour sans emploi. Que faire de cet amour ? Le laisser aller ? Lui donner libre cours ? Avec le temps, j'ai fini par apprendre pas mal de choses qui m'ont sauvé de situations à peu près désespérées. Mais cette fois, je suis cassé, collé au pied du mur. Je suis comme au cinéma, quand en pleine séance la lumière se fait dans la salle.

Ma douleur aurait-elle été la même si le grand amour de Lou n'était pas Léna ?

Léna est la maîtresse de Lou. Je peux le dire comme ça. Je répète la phrase un nombre incalculable de fois. Je n'y reviens pas. J'ignore comment je vais m'en sortir. Il le faut pourtant, car le livre dont je suis l'instigateur n'est pas tout à fait terminé.

Chaque jour qui passe toutes deux donnent l'impression d'avoir la vie devant elles. Celle-là ou une autre, peu importe. Lou a tant aimé la façon qu'a Léna de s'ouvrir à d'autres vies que la sienne en procédant par bifurcations. Dans le seul but de coïncider, au fil du temps, avec sa propre vie. Elles font leur possible pour faire taire les prémonitions. Elles ne sont pas comme tout le monde. Quant à ma vie, elle ressemble maintenant à une bande-son décalée des images.

J'ai passé la nuit dehors. Au matin, Lou est partie sans se retourner, sans un mot, sans un sourire. En allant me coucher dans les draps de Lou et Léna, je me suis rendu compte que je n'avais pas regardé le ciel. J'avais passé la nuit dehors sans regarder le ciel.

Tout cela est si loin. Presque oublié. Aussi lointain que mon grand-père imaginaire qui maniait la pelle dans les carrés juifs des cimetières.

Une vingtaine d'années a bien dû s'écouler. Alexandre Dumas aurait intitulé la suite de l'histoire « Vingt ans après ». Mais ici, pas sûr que le compte soit bon. Ça fait certainement beaucoup plus. Une fois encore, j'ai pris mon désir pour une réalité. Disons que pendant un temps qui m'a paru très long j'ai occupé la position inconfortable de l'oiseau sur la branche. J'attendais, prêt à m'envoler à tout moment. Je n'attendais que ça. L'important, pour moi, était de faire le mort, de rester caché, jusqu'à ce que la crise prenne fin. Impossible qu'il n'y ait pas de fin. Une fin, pourquoi pas, aux allures de commencement. J'avais compris à son regard que si Lou allait partir, elle reviendrait certainement. Je devais m'armer de patience, les yeux rougis par le sommeil et les larmes. Je pensais qu'un jour viendrait où Lou cesserait de mettre notre amour sous le boisseau.

Quand le vide que je sentais résonner en moi était trop insupportable, je tentais de le combler par l'écriture. Je n'oubliais pas que c'était mon activité principale et je croyais plus ou moins qu'elle devait m'aider à supporter les épreuves insurmontables auxquelles j'étais confronté. Je n'écrivais plus que des poèmes où parlait ma mélancolie et de fait, le vide de l'absence de Lou ne cessait de grandir. Parfois, j'essayais de lire mes textes à haute voix, mais aucun son ne sortait de ma bouche. C'était à n'y rien comprendre.

Je n'ai pas besoin de préciser que pour ajouter à mon malheur, mes poèmes ne trouvaient pas preneurs. Comme j'avais précédemment publié des romans, les éditeurs essayaient de me persuader qu'en écrivant des poèmes, je faisais fausse route. Si je leur proposais un roman, ils le publieraient immédiatement. Qui lisait encore de la poésie aujourd'hui ? Elle ne concernait qu'un tout petit milieu de poètes qui se lisaient entre eux et dont les livres suivaient une route poussiéreuse qui les apparentait à une collection de chromos. La poésie refusait aujourd'hui de se laisser emprisonner dans des livres. Elle voulait en sauter les murs, prendre l'air, s'évader en toute liberté.

Mes poèmes restaient dans mes tiroirs. Personnellement, je le regrette, ne partageant en aucune façon le point de vue de la plupart des éditeurs sur la poésie.

Force est de constater qu'elle est toujours là, qu'elle existe et qu'elle n'a pas dit son dernier mot. Elle peut aller toujours plus loin dans l'espace infini. Sans les livres de poésie comment devenir soi-même ?

En attendant, le conseil des éditeurs n'est pas tombé dans l'oreille d'un sourd. Le narrateur s'est mis au travail. Il en est résulté ce roman évoqué tout au long de ces pages, *L'Accordeur,* son premier roman, écrit tout un été avec un certain nombre des mots des poèmes. Il ne voyait pas une grande différence entre les poèmes et le roman, la question de l'espace et du temps mise à part, ainsi que l'introduction de personnages auxquels est prêtée une biographie. Mais le mode opératoire, comme on dit à propos des délinquants sexuels, était à peu près le même. Le roman est un autre format du poème, avec toutes les conséquences que ça entraîne, l'élan restant le même.

Le narrateur – pour reprendre le mot employé ici – est un terme générique désignant aussi bien le narrateur de *L'Accordeur* que celui des pages que vous avez sous les yeux. Les narrateurs ne font qu'un. Il n'y a pas ici de hiérarchie entre les narrateurs. Il ne peut y avoir qu'un narrateur par monde et d'un livre à l'autre, ici, le monde reste le même.

Le narrateur avait l'impression qu'écrire faisait que sa vie n'était pas uniquement composée de moments nuls. Et la naïveté de penser que ses écrits seront tout ce qui restera de lui. Je crois qu'il n'en est plus très sûr à présent. Loin de lui valoir quelque reconnaissance que ce soit, ses pages d'écriture rejoindront au grenier, avec la poussière, la malle dont elles ne sortiront plus. Comment défendre ce à quoi on est censé croire envers et contre tout quand on n'est pas sûr d'y croire encore soi-même ? Toutes sortes de catastrophes, jugées invraisemblables il n'y a pas si longtemps, sont aujourd'hui possibles. Nous les approchons sans espoir de retour. Elles sont là, au bout du chemin. Nous pourrions presque les toucher du doigt, la disparition de la poésie n'étant sans doute pas la pire. Il y a déjà longtemps que nous avons un bandeau sur les yeux pour ne plus voir les images qui ne cessent de nous hanter.

Et pourtant il suffit d'un mot. Un seul mot participe de la recherche d'une issue, de la lutte pour la vie. Un mot écrit avec une extrême tension. Jeté à la hâte sur le papier. Dont on ne sait pas trop, au début, ce qu'il signifie et dont on se rend compte à la fin qu'il nous a menés vers des voies justes.

Le narrateur a dû s'en souvenir en écrivant *L'Accordeur*. Au commencement, c'était un être, ce livre, appelons-le comme ça, qui avait perdu connaissance. Rien n'était visible. Il était muet comme une carpe. On se demandait où nous allions nous retrouver. De multiples voies étaient possibles. Il fallait garder le silence et poursuivre sans céder à la panique. Des personnages peu à peu se sont détachés : la mère et le père, le grand-père, le fils, Lune, Léna... Il fallait bien les mettre quelque part, leur trouver un lieu, leur donner un rôle, une famille, un monde... Remplir le livre de leur présence.

Le narrateur a travaillé comme un malade jusqu'à ce que ses personnages n'aient plus besoin de lui. Bien qu'il connaisse le terrain comme sa poche, il lui arrive de s'y perdre aujourd'hui encore.

Retrouvant un exemplaire défraîchi à la couverture jaune de *L'Accordeur,* je me suis plongé dans sa lecture. J'ai noté sur un papier, à mesure que je les rencontrais, la liste des personnages, puis essayé de comprendre leurs relations et, d'une façon générale, leur jeu. Il était clair que certains manquaient à leur devoir de vérité. Je craignais, les mettant à nu, de faire s'écrouler l'édifice. L'idée m'est alors venue de rencontrer, vingt-sept ans après, le narrateur du roman. Il s'est efforcé de me le raconter à sa façon, que je suppose assez éloignée du texte original, toujours est-il que je me suis attaché aux personnages, peu importe qu'ils soient vrais ou faux : j'ai laissé la magie opérer, car depuis la publication du livre, ils sont toujours en vie.

J'ai donc voulu les suivre en les imaginant à un autre moment de leur parcours, peut-être dans un roman sans lien avec le précédent, même s'ils y font souvent la pluie et le beau temps. Parmi eux, j'ai inclus le narrateur, qui amène les choses tout en douceur, en tenant une ligne très ferme sur le fond. Narrateur que je suis à mon tour dans ce one man show qui résulte autant de ma lecture que de mes rêveries.

Il n'empêche qu'à certains moments la détresse l'emportait. Le découragement s'emparait de moi. Il m'arrivait même de fondre en larmes, d'envisager de revenir sur mes pas, ce que j'aurais été bien incapable de faire. Là où je me trouvais, rejoindre le point de départ était aussi improbable qu'atteindre ma destination. Les chemins s'embrouillaient. Je ne comprenais plus pourquoi je m'étais lancé dans une aventure dont je n'attendais finalement rien, pas d'issue, nul commencement. Ce qui devait arriver ensuite relevait de la part mystérieuse des choses. Celle qui appelle le silence.

*L'Accordeur* a perdu la trace des événements qui vont suivre. J'ai pu les retrouver dans le noir des lointains. Je voulais le faire depuis longtemps. Le narrateur en est la source. Dans les pages précédentes, on a déjà rencontré les personnages dans une autre configuration que dans le roman. Nombreux sont aussi les changements de décors. Les chemins de traverse laissés de côté dans la version du narrateur. Pas de descriptions, c'est à noter, du monde extérieur, mais les réactions de l'imagination à la réalité. Autre forme de réalisme.

Un intervieweur m'a demandé cette nuit : Pourquoi écrivez-vous ? Je n'avais pas de réponse toute faite à cette question que je ne me suis jamais posée. Un auteur devrait s'abstenir de le crier sur les toits, mais l'écriture me fait du bien : rien de moins, rien de plus. Du bien. Pas d'autre réponse. Impression d'être à ma place, en dehors du tumulte. Et si j'ai un peu de chance, avant toute chose, d'être moi-même. De maintenir les braises toujours un peu ardentes pour que le récit puisse recommencer. Cela suppose que je trouve les mots qui donnent aux personnages, venus de nulle part, leur place dans la chorégraphie.

Dans un rythme qui me parcourt tout entier, traverser la zone de feu, sortir du dédale. Retrouver Léna.

Léna…

LÉNA…

Retrouver Léna…

Impossible d'oublier ce matin où j'ai entendu comme un cri de porc qu'on égorge. Un cri si effrayant que les tourterelles s'envolèrent des chapeaux des magiciens. Je n'ai pas cherché sur le moment à en savoir davantage. Je ne voulais pas perdre de vue ce couple étrange qui poussait un landau dans lequel dormait un nourrisson.

La jeune femme avait les yeux pleins de sommeil. Elle était en moins bonne forme que son compagnon pourtant nettement plus âgé, presque un vieillard. Elle contemplait les arbres et le ciel sans jamais un regard pour l'enfant. Tous deux restaient silencieux. J'avais toujours l'impression qu'un drame s'était passé l'instant d'avant.

Chaque jour, je craignais qu'ils ne reviennent plus.

C'est l'enfant, un jour, qui n'est pas revenu.

L'homme et la femme continuaient à faire leur promenade, murés, comme d'habitude, dans la solitude et le silence. Puis, à un moment donné, eux aussi disparurent.

Maintenant, ça me revient. Léna était le nom de la jeune femme, ce nom que je n'arrive plus à présent à me sortir de la tête. Elle ne s'intéressait qu'à ce qu'elle pouvait vivre aujourd'hui, à condition d'avoir les coudées franches. Elle était obsédée par l'abolition des limites. Sans laquelle il était abusif de parler de liberté. Elle était convaincue, par exemple, qu'elle vivrait d'autres vies. La preuve : un jour, elle était adulée dans les salles de concerts les plus prestigieuses, un autre jour, pianiste solitaire, elle bouclait ses fins de mois en jouant dans des dancings miteux. Il lui est même arrivé de changer complètement de voie et de devenir bibliothécaire dans un arrondissement de Paris. Je n'ai jamais compris ce qui la motivait, ni même si elle voulait édifier quoi que ce soit, aller quelque part pour atteindre un but. C'était comme si, avec elle, la liaison radio ne serait jamais rétablie.

Elle était douée d'une magie insensée. Son histoire était faite de mots qui rassurent même s'ils ne pèsent pas grand-chose. Elle disait, par exemple, qu'elle bénéficiait d'un « bon alignement des planètes ». Enfermer sa vie dans de telles formules lui suffisait. Elle s'estimait en accord avec sa vérité.

Son désir, en toutes circonstances, de prendre de l'avance. Je me souviens de la fois où, pour aller plus vite, elle sauta d'une fenêtre du premier étage. Rien de cassé. Pas la moindre peur. Elle s'est enfuie dans la ville sans se retourner, apparemment sans destination. Peut-être voulut-elle simplement se perdre, faire l'expérience d'une aventure qui tourne mal, se retrouver en plein vacillement. La réalité qui vacille n'est pas nécessairement destructive. Ce peut être un bon début. Je l'espère pour elle, car je ne l'ai pas vue revenir.

# L'ACCORDEUR

Maintenant, il ne manque plus que le point final.

Où serai-je à l'expiration de ta peine ?

Je n'ai plus d'autre projet que d'entrer dans la terre que j'aurai passé toute ma vie à contempler entre mes pieds.

Je suis bien inspiré, aujourd'hui, de parler de « toute ma vie ». Je crains pour ma vie, en effet, de plus en plus indéchiffrable, depuis que j'ai pris le parti de fixer les choses comme si on pouvait en arracher l'horreur la plume à la main. Indéchiffrable et lumineuse à la fois, tant je finis par me reconnaître dans les traits de cet inconnu que le récit me renvoie à force de répétitions et de pas en avant, de recoupements et d'efforts de mémoire.

Au début mon écriture était régulière. Les phrases à présent, je le constate sans étonnement, ont de plus en plus tendance à trembler : pas de doute, quels que soient mes aveux, je n'arriverai jamais à étouffer l'histoire. On ne baisse pas, du jour au lendemain, le rideau de fer.

Celui que j'ai tutoyé il y a un instant, celui à qui, d'une ligne à l'autre, je m'adresse à cœur ouvert, c'est mon fils. Il a le corps brisé et très peu de visage. De moins en moins de visage à mesure que j'écris. Je n'ai d'ailleurs toujours pas réussi à lui donner un prénom. Il faut attendre encore. Ce qu'il est censé vivre est comme une naissance. Le prénom s'imposera peut-être plus tard.

Tout cela, après tout, est très loin de nous – et l'histoire n'en finit pas. J'ignore lequel de nous deux en sortira vivant. Depuis la fin des événements, que je n'arrive toujours pas à retrouver dans le bon ordre, je me la répète jusqu'au ressassement. Ça ne peut pas faire de mal, me disait-on autrefois, de raconter l'histoire.

Mais je ne peux pas m'empêcher de penser que le récit est la prison où je purge ma peine. Perpétuité. Une condamnation sans appel et qui ne souffrira aucune mesure de clémence. Je suis trop loin ici, oublié de tous, perdu derrière des murs que j'ai moi-même élevés de telle façon que je ne puisse pas m'en échapper. Alors une fois de plus je raconte l'histoire. Et je la raconterai jusqu'à ce que je me sois débarrassé de la plus petite pointe d'émotion. Jusqu'à ce que je sois devenu le père absent, l'étranger dans l'ineffaçable, celui, en somme, qui joue le rôle, qui ne parle pas vraiment avec sa voix. Celui qui sait qu'il n'y a personne à appeler, car personne pour l'entendre et lui venir en aide. Qui pourrait m'entendre, terré comme je suis au fond d'un trou ? Pour tous ceux qui m'ont connu, il n'y a pas urgence à me porter secours : il y a longtemps que le danger est passé.

Alors je reprends. C'était la fin d'un jour passé à errer dans la ville. Il nous fallait partir de nuit, avancer dans le vide. Nous avions une nuit devant nous. Il avait claqué la portière, glissé son sac sur la banquette arrière et m'avait observé, un long moment, comme un criminel confronté au témoin qui a tout vu de bout en bout. Il était fatigué, trempé de sueur et sale. Recroquevillé, les yeux mi-clos, et il dégageait une odeur que j'attribuais à la peur. J'avais plusieurs fois envisagé d'annuler ce voyage, mais j'étais le dernier homme qui acceptait encore de lui parler. C'était très simple : je ne voulais pas l'abandonner. Pour rien au monde je n'aurais voulu l'abandonner. Il était seul. Trois mots dérisoires au regard de ce qu'il vivait. Je me rends compte qu'il est absurde d'écrire cela avec des mots encore, mais je ne peux pas cacher que la route qui s'ouvrait devant nous se confondait avec le champ de sa solitude.

Un bref instant je m'étais demandé s'il ne fallait pas l'aider à saisir la chance de la mort. En vérité, ce que je voulais dire m'avait échappé avant même que la phrase ne se soit refermée. C'était certainement en relation avec l'enfant – j'ose à peine écrire : mon fils –, le nouveau-né mort, le fameux jour où notre vie a basculé. L'enfant exsangue et figé comme dans une peinture de Vierge à l'Enfant. Sage comme une image, dit-on parfois quand on ne croit pas si bien dire...

Donc, nous étions sur le départ. Il venait de s'asseoir sans un mot à la place du mort, puisque, là aussi, la langue vise dans le mille. De tout le voyage, je n'entendrai pas le son de sa voix. Peut-être sera-t-il resté silencieux par crainte d'être comme moi le jouet des mots, ce qui aurait été une manière, encore, d'être le fils de quelque chose, à défaut d'être le fils de quelqu'un.

Il était assis à mes côtés comme un passager clandestin de ma propre vie. Il n'était plus temps, pour lui autant que pour moi, d'infléchir le cours de l'histoire. Tout était joué. J'avais mis le contact, allumé les lumières, lancé les faisceaux des phares. Les reflets couraient sur nos visages. Nous fixions la route en prenant soin que nos regards ne se croisent pas. Chacun de nous deux, sans doute, revivait les scènes mortes de sa vie perdue. Et je pensais : plus de père, plus de fils, plus que deux hommes dans la peur des instants qui passent.

Prendre la route, faire du chemin pour réduire la distance, sinon pour découvrir ce que je cherchais désespérément : le vif d'un lien que nous n'avions cessé de nous cacher jusqu'à présent.

Parce qu'il avait connu, avant moi, la douceur incomparable de la peau de Léna, la chaleur de ses lèvres, et qu'il avait précipité la fin de notre amour, dans une lettre jamais envoyée, j'avais rageusement traité mon fils d'âme de merde, de lie de la terre, de bête de bâtard… et même de fils de salaud : ce qui m'avait amusé aussitôt au point de m'en faire perdre l'envie de serrer sa gorge de haine. Non, je ne verrais pas sa tête qui ressemblait à la mienne trait pour trait, ainsi que je l'avais entendu si souvent, la langue saillante, les yeux exorbités dans l'étau de mes doigts.

Me pardonnera-t-il aujourd'hui, me pardonnera-t-il aussi ce récit, mon enfant qui passe ses jours et ses nuits à guetter le cliquetis d'une clef dans une serrure ?

Avoir un enfant, un fils, dont on ne peut plus se représenter distinctement le visage. Reste une poignée de photos. Quelques instantanés sans pose, traces de si peu d'instants, auxquelles il faut bien se raccrocher. Des images, maintenant, en train de tourner au violet. Mon fils, ici, immobilisé dans la clarté blanche. Ou là, dans le journal, une main sur la bouche : c'était quand il avait fait les gros titres.

Une nuit dans une voiture, à respirer un air mort, à voir passer des couleurs brouillées.

L'approche de ce qu'il fallait appeler notre but aggravait encore la tension. Le soulagement qu'on éprouve en arrivant au terme d'un interminable périple nous serait évidemment refusé. Nous n'étions pas partis, c'est le moins que je puisse dire, dans l'espoir d'atteindre un but convoité de longue date. Nous n'avions pas roulé ferme et droit vers des jours meilleurs.

Qui aurait pu rompre le déchirement qui nous tenait lieu de lien ? Ils étaient loin, Léna et Lune. Aussi loin que l'enfant exsangue. Aussi loin que le vieil homme, mon grand-père (puisque c'était ainsi que je l'avais nommé), dont l'image m'avait hanté tout au long de ce voyage. Si au moins il avait échappé à la mort, celui-là… J'aurais pu m'en débarrasser plus facilement, le rendre à sa terre grasse, grouillante de vers, pleine d'os blanchis et de racines de chiendent. Rien à voir avec la terre avec laquelle je vivais, il n'y a pas si longtemps, quand je passais mes journées plié en deux, à manier la ficelle lieuse.

J'ignorais d'où il venait. Je ne m'étais jamais risqué à lui poser la question. Ma curiosité, ici essentielle, car mon histoire en dépendait, ne pouvait en aucun cas à mes yeux essayer de se satisfaire par des tentatives de viol d'un silence bien gardé. Renonçant une fois pour toutes aux intrigues et au harcèlement, je devais m'en tenir aux faits, certes bien minimes. Il avait, par exemple, accepté d'obéir à une langue inconnue, et, par conséquent, de rester dans l'incertitude permanente d'avoir effectivement dit ce qu'il voulait dire. Les mots justes, auxquels il était naturellement si attaché, lui paraissaient hors de sa portée, sinon interdits. Qu'il l'eût voulu ou non, il était demeuré une sorte de clandestin, lui aussi, l'habitant clandestin d'une langue à laquelle il aurait désiré se dévouer corps et âme, mais qui l'avait accueilli en se refermant sur lui aussitôt. Le rire, souvent, accueillait ses tentatives de parole. Ouvrir la bouche, à la longue, finissait par le mortifier. Au début, c'était dans les livres qu'il s'était approché des mots, donc dans une langue immobile qui avait déposé sa mort en lui. Les paroles avancées étaient depuis lors frappées de cette mort qui déclenchait le rire. Peu importaient les mots : on ne voyait plus qu'elle quand il parlait. Le rire cédait donc vite la place au rejet, puis à la haine. La seule issue, pour lui, c'était de ne plus être, c'est-à-dire d'une manière ou d'une autre de disparaître. Il lui fallait, en tout cas, faire taire cette mort, même si elle n'était qu'une graine portée par le vent. Ce qui le condamnait à garder le silence, à rester clandestin.

Nous nous partagions tous deux ce que je dois appeler la maison de mon enfance. Partager, c'était surtout dormir ensemble, ou presque, dans la chambre du haut, celle dont les tulipes couleur feu ornaient le papier peint. Je dormais sur le grand lit et mon grand-père – j'ai encore un peu de mal à l'appeler ainsi... – avait préféré le divan. Il dormait mal, ou presque pas, une petite lampe à ses côtés, allumée une grande partie de la nuit. Il lisait des livres sur l'art d'enterrer les morts :

des livres rares (certains dataient de la dernière guerre), qu'il s'était procurés je n'ai jamais su comment. Le matin, je restais longtemps sous l'édredon à m'émerveiller des tourbillons de poussière qui flottaient devant la fenêtre, ou à essayer de reconnaître les chiens qui se répondaient d'un jardin à l'autre, interrompus parfois par le chant d'un coq. Se lever chaque matin était toute une histoire. J'ouvrais la porte avec appréhension, comme au temps où – j'étais un très petit enfant – le chien de mon père, qui lui a survécu quelques jours, bondissait à mon apparition et sautillait de joie autour de moi en me léchant les jambes et les bras comme s'il voulait me réveiller d'un mauvais rêve – jusqu'à ce que mon grand-père, un matin, le prenne dans ses bras pour lui écraser la tête contre le mur, avant de le traîner dans les buissons glacés du dehors, la fumée du sang se mêlant aux petits nuages de son haleine.

J'ai dit qu'il dormait mal. Je me rends compte à l'instant que j'ai toujours eu scrupule à noter que ce vieil homme paraissait pleurer quand il était sur le point de s'endormir. Je ne peux pas prétendre l'avoir vu pleurer – de mes yeux vu. Mais j'assure avoir entendu presque chaque nuit des sortes de gémissements qui faisaient résonner les murs de la chambre, comme martelés par des poings. Je savais qu'il ne fallait rien dire, qu'il suffisait d'essayer de s'endormir dans l'attente du lendemain. Tout serait comme avant quand nous nous réveillerions. Je me serais probablement trompé : c'était la nuit que j'avais entendue, rien que la nuit pétrifiée par les vieilles images et qui faisait l'appel des survivants.

L'été, je restais allongé, nu sous mon drap, dans la chambre étouffante. Près du lit, les couronnes de fleurs préparées pour le lendemain.

Le soir, avant de m'endormir, je pensais à mon père, dont je ne pouvais même pas imaginer les traits à partir des quelques descriptions, souvent contradictoires, qu'on m'en avait faites. J'étais sûr qu'il reviendrait. Que je me retrouverais dans ses bras comme n'importe quel fils avec son père. J'étais mort de peur en même temps, je ne voulais pas qu'il risque l'irréparable encore s'il essayait de revenir, qu'on l'arrête comme tous les autres pour l'emmener à jamais. Mais je saurais le cacher s'il revenait, je m'occuperais de lui comme d'un enfant. S'il pouvait arriver jusqu'ici nous serions sauvés. Alors je guettais par la fenêtre, mais personne n'approchait, pas de visiteur à l'horizon. Je n'apercevais que les arbres et les massifs de fleurs, qui continuaient à éclore de l'autre côté.

D'autres fois, dès que j'étais réveillé, je sautais dans le lit de mon grand-père, imprégné de son odeur. Je n'entendais plus que le tic-tac de son réveil, posé sur sa table de nuit, à côté d'une bouteille de Coca-Cola à moitié remplie d'un liquide blanchâtre. Il ne me parlait pas. Je le soupçonnais de faire semblant de dormir, ses beaux yeux bleus, d'habitude toujours étonnamment brillants, restant à moitié fermés. Je me demandais comment interpréter ce peu d'empressement, cet accueil résolument silencieux du matin. Ses sentiments pour moi étaient-ils à l'image de son regard, mi-brillant, mi-éteint ? Chaque jour qui se levait, je l'ai compris beaucoup plus tard, ne pouvait s'ouvrir que sur le champ de mort où son fils avait disparu sans retour. Pour lui, il y avait nécessairement un affrontement quotidien entre ce monde où les enfants et les hommes dans la force de l'âge disparaissaient, enlevés à l'affection des leurs, et celui où, la tête pleine de projets, on envisageait l'avenir.

Je restais de longs moments à la fenêtre, penché vers l'obscurité du jardin. Il n'y avait personne en vue, le plus souvent. Quand par miracle quelqu'un approchait, toujours en hâte, c'était pour annoncer un décès, et prendre avec mon grand-père les dispositions nécessaires. Le messager était forcément un proche du défunt, perdu entre la soudaineté du chagrin qui lui coupait bras et jambes et l'impossibilité d'accueillir dans sa vie un événement qui la rendait tout aussi soudainement incompréhensible. J'aurais voulu aider ce messager empêtré dans son message, faire un bout de chemin avec lui, lui parler, l'interroger sur cette mort qui faisait vivre mon grand-père, occupait chez nous la place centrale, mais dont il était tacitement admis que nous ne l'évoquerions ensemble ni de près ni de loin.

Dormir et manger, dans cette maison, c'était toute notre vie.

Ses ongles restaient en permanence couverts de terre, et je n'aimais pas quand il rompait le pain avec ses mains. Ou quand il me servait à boire dans son verre que ses lèvres, toujours un peu terreuses, avaient touché. Je retenais ma respiration quand il était nez à nez avec moi pour me parler : son haleine sentait la terre. Une odeur tenace entre toutes, que le commun des mortels a de la peine à identifier ; mais quand le mal est fait, qu'aucun doute n'est plus permis sur l'origine de cette odeur, vous n'avez plus qu'à vous cacher dans un trou de la terre. J'ai ainsi vécu toute mon enfance comme un mort en sursis, atterré, terrifié, que la terre, bien avant l'heure, aurait rejoint. La preuve : d'après mes camarades de classe, son odeur me ressortait par la bouche, malgré mes efforts presque maniaques pour me laver les dents. Mon grand-père aurait choisi ma bouche pour faire parler la terre… Lui qui ne parlait jamais. Toujours penché au-dessus du feu après le repas, prostré, perdu dans des pensées dont je ne savais rien. Quelquefois, il arpentait la pièce de long en large, toujours silencieux, s'arrêtant devant la fenêtre ouverte, scrutant la nuit qui avait tout enveloppé.

Comment avait-il échoué dans pareille solitude ? Pourquoi avait-il décidé, un jour, de ne plus avancer ? De ne plus tailler dans l'espoir pour se frayer un chemin ? Il s'était toujours élevé avec force contre la moindre de mes questions. Il répétait que tous les chemins étaient brouillés. Qu'il suffisait de s'agripper à quatre pieds de terre. S'arrêter était une façon de se mettre en route quand on avait choisi sa destination.

La consternation de tous ceux à qui j'annonçais que je vivais chez mon grand-père… Il aurait fait tout ce chemin pour se laisser prendre dans un piège à rats. Il aurait pu très vite avoir une vie qui aurait ressemblé à la vie de tout le monde ; au lieu de quoi il avait préféré travailler comme les enfants peu chanceux autrefois dans la mine, les mains et le visage toujours sales, et la misère pour tout salaire. Au moins, il avait un but dans la vie : il creusait. Il savait mieux que quiconque, sans doute, que pour faire un vrai trou dans la terre, il fallait plus que deux bras... Mais en en égratignant la surface comme il le faisait avec tant de persévérance, en laissant des traces dans la poussière, il s'imaginait peut-être accumuler des signes qui, à la longue, composeraient quelque chose comme une lettre. Muré toute sa vie dans le silence, mon grand-père avait écrit une sorte de lettre qu'il nous appartenait, aujourd'hui, de déchiffrer.

« J'ai voulu m'arrêter dans ce coin perdu pour te déposer en lieu sûr, m'avait-il dit un soir qu'il avait enfin consenti à rompre le silence. Pour moi, malgré les apparences, le chemin ne s'est pas arrêté. Je ne veux toucher à rien, à cause des empreintes. Je ne veux surtout pas me précipiter dans l'action. Toutes les crevasses doivent rester accessibles. Je respire dans cet endroit qui se meurt à petit feu. »

Bien sûr que je l'aimais, en dépit de l'énorme crainte qu'il m'inspirait. C'était mon grand-père, celui qui avait hérité de toute la puissance du monde dans ses deux mains. Qui aurait pu, comme lui, ouvrir la terre de ses deux mains pour y déposer ce qui reste de nous, nos pauvres restes ?

Au plus dur de l'hiver, avant de monter se coucher, il regardait à la loupe les engelures sur ses doigts. Il les examinait attentivement puis les portait à sa bouche pour les réchauffer. Quand il arrivait dans la chambre où je l'attendais (paniqué à l'idée de m'endormir sans lui avoir dit bonsoir), il avait toujours un peu de sang autour de la bouche.

C'était en fouillant dans ses papiers pour y mettre bon ordre, longtemps après sa mort, que j'avais découvert ce qu'il m'avait bien fallu appeler une lettre et quelques notes ahurissantes, manifestement de sa main.

« Ceci est le récit d'une vie, avait-il écrit de son écriture maladroite, dans sa lettre à ma connaissance sans destinataire. Ce que je suis en train d'écrire, là, sur cette feuille de papier, c'est ma vie. Je n'en ai jamais eu d'autre. Je n'ai jamais rien vécu d'autre que ces mots qui surgissent à l'instant, en avant de moi. C'est pourquoi aujourd'hui est un grand jour. Je suis contraint d'écrire, car trop de mots sont retenus dans ma gorge, ayant si peu parlé… »

L'une des notes (n'était-elle qu'un autre brouillon de la lettre envisagée ?) faisait allusion à son « enfance ravagée ». À un temps suspendu à des « coups de bottes dans une porte ». À la « ruse du désir qui vous jette à genoux entre les cuisses d'une femme, sur le terreau de la dévastation ».

Dans une autre note, il était question du cri déchirant d'une mère « écartant la terre de ses doigts » afin que s'échappe l'enfant. « Dès qu'il passait la tête, écrivait mon grand-père, la terre souriait de ses dents pourries, pour le ravaler aussitôt, dans un mouvement sans fin ».

« Elle est mère comme un cercueil.

La mère et l'enfant ? un cadavre dans un cercueil. »

J'avais encore retenu ces phrases, sans savoir de qui elles parlaient et dans quelle mesure il convenait de les prendre au sérieux. J'avais pourtant de bonnes raisons de penser que ce qu'il voulait dire était probablement plus effrayant que ce qu'il avait écrit.

Même hypothèse pour ces lignes que j'ai longtemps considérées comme le départ d'un autoportrait :

« Il est rare de perdre un pays. Cela m'est arrivé.

Il est rare de perdre une femme qu'on aime. Cela m'est arrivé.

Il est rare de perdre un fils dans la force de l'âge. Cela m'est arrivé.

Que pourrait-il m'arriver encore ? »

Cette confidence, enfin, que j'avais eu toutes les peines du monde à déchiffrer au verso de la lettre :

« J'ai vécu vraiment au sein de la terre. C'est là que j'ai abouti. J'y resterai jusqu'à la poussière. Je n'ai besoin de rien. Je demande seulement à ceux qui vont mourir de ne pas mourir ensemble. S'il en allait autrement, je serais perdu. Jusqu'à présent j'ai pu m'en sortir parce que je n'ai jamais eu qu'un mort à la fois. Pour accomplir correctement ma tâche, le calme m'est nécessaire. Je n'en ai pas manqué et j'en remercie mon père. »

Je ne voudrais pas laisser entendre que mon grand-père avait pu se croire investi d'une mission. Il considérait, tout au plus, qu'il devait s'acquitter d'une besogne qui lui avait été réservée : faire disparaître de notre vue ce que nous ne pouvions regarder en face. Draper les morts, les allonger dans une caisse préparée à cet effet, enfoncer la caisse dans la terre préalablement creusée à la profondeur voulue, la recouvrir de terre, puis, éventuellement, de fleurs choisies par la famille sur des catalogues.

La suite des opérations ne dépendait pas de lui. Certains parlaient de *passage*, de *traversée* toujours à la merci d'une *résistance*. Le choix des mots, dans un domaine aussi incertain, était laissé à l'appréciation de chacun. « Ce n'est que dans ce travail d'enfouissement (j'avais oublié cette confidence tardive) que je vois véritablement mes mains. De la même façon que je n'entends mon nom que lorsque ceux qui m'appellent ne le prononcent pas correctement (il faisait longuement rouler les deux *r* de *correctement*). Je ne l'entends que lorsqu'il est joué comme une fausse note. C'est toute mon histoire, le champ troué de mes silences, que je perçois à travers cette fausse note. »

Il était là, simplement, à la place qui lui avait été assignée, torse nu été comme hiver, à la merci, oui, de sa force. Il faisait claquer violemment sa pelle en l'enfonçant dans la terre et, quand elle heurtait une pierre, une pluie d'étincelles retombait sur les chardons des bas-côtés. À travers la brume, les pelletées voltigeaient au-dessus de sa tête à un rythme d'enfer. En rebondissant à l'entour, la terre faisait un raffut à réveiller les morts. « Pourquoi fais-tu ça ? », ne cessais-je de lui demander pendant toutes ces années. Le plus souvent, ma question demeurait sans réponse. Des journées entières (je n'ai pas fini de m'en étonner), il se contentait de me dire bonjour et bonsoir sans desserrer autrement les lèvres. Mais quand, par le plus grand des hasards, il parlait, il fallait prendre garde à chacune de ses paroles sans hésiter à tendre l'oreille, tant la parole, chez les fossoyeurs, est naturellement assourdie.

« On ne m'a pas lié les pieds et les poings, disait-il. Alors je peux encore nettoyer la crasse. C'est pour moi que je le fais, et pour personne d'autre. Je n'attends rien des survivants, pas même un merci. En guise de merci, leur stupéfaction me suffit, la graine de l'attente semée dans leurs yeux, leur face qui recule... »

Dans le silence du cimetière, le fracas d'une pelle qui s'enfonce dans la terre a de quoi vous faire perdre la tête. Je me souviens que je me raccrochais à trois fois rien : l'éclat des géraniums, la beauté des roses mourantes, la blancheur des fleurs de l'acacia...

Mais lui, le taciturne, il avait tendance à tout ramener, toujours, au silence et à la solitude. Il pouvait vivre des jours entiers sans – en dehors de moi qui ne comptais pas – rencontrer âme qui vive, occupé de ses seules tranchées et allées et venues entre la maison et le cimetière. Il marchait à grands pas, tête baissée, tirant sa charrette à bras remplie des fleurs cueillies en chemin, qu'il déposait dans un coin de la chambre avant de repartir chercher les pains de glace, qu'il soulevait avec l'aisance d'un homme qui ne connaît pas sa force. Son visage, alors, luisait de sueur. Si seulement il avait pu me dire quelque chose, me faire partager un peu ce qu'il vivait... Je souffrais à ses côtés, comme quelqu'un toujours laissé dans l'ignorance de la vérité.

Il avait le pas lent d'un homme qui court à la catastrophe, disais-je en souriant – comme si j'avais la situation bien en main ! – quand je me risquais dans une tentative de description du personnage. En fait, sa lenteur était préméditée. Elle était destinée, selon lui, à atténuer l'impact de sa taille et de sa corpulence – tout à fait propres, en effet, à faire peur.

Quand il s'attaquait à une tombe, délimitant sa surface et commençant à la creuser, son visage avait l'air pâle et délavé. Au fur et à mesure qu'il creusait, il virait au rouge, puis à l'écarlate. Il finissait toujours par avoir le sang aux joues, comme une pianiste qui monte sur l'estrade pour la première fois. Une tombe, après tout, ce n'est pas qu'un simple accident de terrain.

Un détail qui m'étonnait toujours : il avait l'habitude de se frotter les mains l'une contre l'autre, comme un homme en train de tramer un bon coup. C'était une sorte de tic nerveux. Peu lui importait avec qui il se trouvait quand il se produisait : la nécessité faisait loi.

De temps à autre, il interrompait son travail pour pisser. Son urine jaune était aussitôt absorbée par la terre. Des corbeaux choisissaient ce moment pour lui faire fête en croassant au-dessus de sa tête. Des pies se mêlaient également au concert. Mais je préfère, ici, n'en pas trop parler…

Enfant, je me cachais souvent derrière les tombes pour l'observer. Oserais-je l'écrire – et surtout en faire état à mon propre fils ? C'est pourtant la vérité : certains jours, il ouvrait son pantalon et sortait en hâte son sexe très court et très dur pour se masturber. Il levait ses yeux fermés vers le ciel et ne tardait pas à être agité de violents soubresauts qui le ramenaient sur terre en creusant un peu plus la fatigue sur son visage. Par mesure d'hygiène, certainement, il recueillait son sperme dans une vieille bouteille de Coca-Cola enveloppée dans un sac en plastique caché en permanence dans un coin du cimetière, et qui contenait aussi un bâton de rouge à lèvres et une petite glace.

Nous vivions, comme tout un chacun dans ces contrées, la ronde des quatre saisons, mais mes souvenirs, à quelques exceptions près, étaient liés à l'hiver. Nous n'avions jamais vécu, lui et moi, qu'au cœur de l'hiver. Donc dans le froid. Un froid pour moi indissociable de la sueur qui lui inondait le visage quand le tranchant de sa pelle s'enfonçait dans la boue givrée.

Un matin d'hiver particulièrement glacial, comme j'étais venu l'épier, je l'avais vu plonger, entièrement nu, dans les eaux blanchâtres de la rivière. Je m'étais demandé ce que j'aurais fait, s'il avait été terrassé par le froid, et incapable de se sortir de là. L'espace d'un instant, je m'étais vu lui cracher sur sa main tendue. Peut-être aurais-je ainsi échappé à l'hiver.

Son long manteau noir quand soufflaient les bourrasques de neige. Tête nue, toujours. Il portait sa lourde pelle, qui lui tenait lieu de canne à la fin, soutenait ses pas hésitants. Il n'aurait jamais accepté que quelqu'un lui prête le bras, ou même ne fasse qu'en ébaucher le geste, jusqu'à ce fameux jour où j'avais dû le conduire à sa dernière demeure.

Dès qu'il était appelé, il arrivait en un éclair. Il avait coutume de garder le silence au milieu de la famille effondrée. Que dire à ceux qui vous désignent le mort d'un geste du bras ? Dans tous les cas, il préférait le disparu à tous ceux qui, à son chevet, tendaient une main glacée. Il se demandait si, à tout prendre, la douleur du deuil n'était pas autrement moins vive que celle de l'enfantement.

Après la cérémonie, quand tout le monde était parti, il se recueillait au bord du trou, avant de le remplir de terre fraîche. Je voyais ses lèvres bouger comme s'il s'adressait au gisant. Faute de trouver les mots, peut-être, il s'exprimait par des accents brisés, se contentant, le plus souvent, de hocher la tête sans mot dire. En fait, il lui fallait creuser la terre pour retrouver son visage.

Cette satanée terre rythmait l'allure de sa vie. S'il levait les yeux vers le ciel, c'était pour ne rien voir ou, à l'extrême rigueur, pour évaluer les menaces de neige ou de pluie. Seule la terre répugnante fascinait son regard. Besogne faite, il s'appuyait sur sa pelle et des larmes me semblaient couler sur ses joues. Je jurerais les avoir vues. Je ne jurerais pas qu'elles n'étaient pas des larmes de colère.

Les cercueils couverts de fleurs arrivaient dans la charrette à bras. Le raffut grinçant des roues cerclées de fer sur les cailloux du chemin. Lui-même n'était plus qu'un tourbillon de poussière gelée, dont s'écartaient les silhouettes noires des proches, souvent clairsemées, toujours apparemment chargées de peine. Il ne les voyait pas. Seuls les enfants retenaient son regard, dans cet endroit de haute solitude.

J'avais honte de sa montre de camelote, clignotant comme des lucioles dans la nuit d'été. Je craignais qu'elle provoque un fou rire dans le cortège. Moi qui ne lui serais jamais arrivé à la cheville, j'étais également peu fier de son costume usé, d'un noir luisant, qui devait nous vouer d'office à l'ignominie. Je les aimais bien, malgré tout, ces enterrements... Comme la faim, à ce qu'on dit, fait sortir le loup du bois, je finissais par les attendre, tels des jours heureux où je mettrais de l'eau de Cologne et de la brillantine.

Placer des fleurs fraîches sur les tombes, enlever les fleurs meurtries : la vie et la mort ne sont pas très éloignées dans un cimetière de village.

Notre vie, à l'occasion, prenait l'allure d'une promenade. Mon grand-père l'appelait la ronde. En fait, il s'agissait, comme si de rien n'était, de rendre visite aux malades pour prévoir la chronologie de l'efficacité à venir. Ce n'était pas quand les yeux des morts étaient fermés qu'il fallait tirer des plans sur la comète !

Un châle orné de tulipes couleur feu sur les épaules, j'accompagnais donc mon grand-père dans ses rondes. Et je pouvais en témoigner : dans ce monde de joueurs, nous étions vraiment accueillis comme la dernière carte, celle qu'on joue dans le désespoir quand tout est définitivement perdu.

Assez souvent, au cours de notre ronde, nous entendions de la musique, et même des chansons, aux abords des maisons. Mais tout s'arrêtait net quand nous passions.

Un jour de grand vent, le châle que j'avais sur le dos s'était envolé. J'avais vainement tout tenté pour le rattraper : il virevoltait dans les airs, et je courais derrière lui comme après une ombre. C'étaient les pies, finalement, qui l'avaient emporté après l'avoir lacéré en mille morceaux, enterrés ensuite méticuleusement dans le petit bois que la lumière n'atteignait jamais.

Ma maladresse aidant, il arrivait que lorsque nous parvenions à la dernière maison de notre ronde, le malade que nous devions visiter était déjà mort. Des rides de souffrance lui déchiraient le visage. Je ne perdais rien de ce qui survenait alors : le bruit des draps écartés d'un geste vif, de l'éponge tordue dans la cuvette, du corps soulevé à bout de bras et placé délicatement dans la charrette brinquebalante. Sur le lit, une fois, il y avait aussi une grande poupée ébouriffée avec une robe andalouse. L'espace d'un instant, mon grand-père s'était demandé s'il ne devait pas emmener la poupée avec la défunte. Mais il y avait renoncé, se contentant de refermer, s'y reprenant à plusieurs fois, la bouche de la morte, où ses dents étincelaient.

D'un revers de la main, il s'essuyait la sueur qui lui coulait dans les yeux. Puis il s'humectait les lèvres et s'éclaircissait la voix comme s'il allait parler. Mais sans desserrer les dents, il ne m'adressait qu'un sourire, vite noyé dans le silence. J'aimais bien son sourire. J'aimais aussi qu'il me prenne la main – il l'avait fait quelquefois – et qu'il l'étreigne presque à me faire mal. Pourtant son silence accroissait l'impression de menace, de danger imminent, qui s'était logée en moi au cours de ces années pour ne plus jamais me quitter.

C'était comme une épreuve de fond. J'avais fini par me faire un nid dans le silence de mon grand-père et à voir d'un œil complice le geste brutal de refus qu'il m'opposait, le soir, quand je m'avançais vers lui pour le décharger de sa pelle et des accessoires un peu terrifiants dont il ne se séparait jamais. À peine arrivé, il se récupérait les mains et les bras – c'était son expression – avec des savons sablonneux. Il allait ensuite remiser sa charrette à bras, ce qui faisait trembler toute la maison et l'obligeait à se relaver, car, de nouveau, des ruisseaux de sueur lui inondaient le visage. La fureur, certains jours, brillait dans son regard.

J'avais fini par aimer sa maison (notre maison, mais le *notre* sonne encore faux), réduite à si peu de chose : l'entrée, où nous mangions et où nous nous lavions, une chambre, une remise, une pièce toujours fermée et un couloir. C'était petit, mais suffisant pour un vieil homme et un enfant.

Une enseigne violette, la nuit, flamboyait sur la façade.

On y lisait un mot dans une langue que je ne connaissais pas. Les enfants du village passaient rarement devant sans y jeter des pierres. Mon grand-père n'en était pas surpris.

Dans le couloir, des caisses s'empilaient le long du mur, éclairées par une unique ampoule trop faible, maculée de chiures de mouches. Une puanteur l'envahissait certains jours.

Cet étroit couloir s'enfonçait ensuite dans l'obscurité des lieux. Il menait à la pièce interdite dont j'ai parlé, fermée par un rideau à fleurs en guise de porte. Entre ces murs de silence, je savais que mon grand-père conservait d'autres caisses amoureusement fabriquées, d'un format plus grand, ainsi qu'un lot de vieilles bouteilles de Coca-Cola. Il m'était arrivé, bravant l'interdit, de m'allonger dans l'une de ces caisses et d'y passer la nuit, la tête dans les bras pour toute chaleur. C'était ce que j'appelais jouer à la mort. Mais à chaque séance, je finissais par me laisser prendre au jeu et à prier de toutes mes forces pour être emporté vers le néant, sinon vers quelque étoile inhabitée où je n'aurais plus à courir sans but et où les cartes seraient redistribuées. Je m'étais ainsi ouvert un refuge dans ces ténèbres, parmi les chrysanthèmes, les cercueils, les cierges et les pains de glace.

J'ai déjà parlé de la chambre du haut, que nous partagions tous les deux. Nous y accédions par un escalier sans lumière, et il faisait si noir quand j'allais me coucher que j'étais obligé d'en suivre le mur à tâtons.

Je n'ai pas oublié l'odeur d'humidité et de poussière

qui nous assaillait dès que nous franchissions la porte. D'autres odeurs encore, sur lesquelles, en écrivant ces lignes, je n'ai toujours pas le courage de m'attarder. Je ne parviens pas davantage à prendre mon parti de la tristesse angoissée que je retrouvais, chaque soir, en ouvrant ce qu'il me fallait bien appeler mon lit.

Aux murs, rien n'avait été accroché pour apporter une touche de couleur. Je ne suis toujours pas près d'oublier la colère qui s'était emparée de mon grand-père le jour que je m'étais permis de punaiser un dessin fait à l'école, censé représenter ma mère. Le sujet nous avait été imposé ce jour-là et je me souviens des regards qui s'étaient tournés vers moi quand l'instituteur l'avait annoncé. Tout le monde se demandait comment j'allais pouvoir tirer mon épingle du jeu : représenter ce qui n'existait pas, donner un visage à ce qui, pour moi, ne pouvait pas en avoir… J'avais finalement dessiné un rond au feutre rouge. « C'est tout ? », s'était inquiété l'instituteur, dans l'hilarité générale. C'était très peu, j'en convenais, mais je préférais ce peu au mensonge. Je n'allais tout de même pas attribuer à ma mère des yeux, un nez, des oreilles, une bouche… de mon invention. J'avais préféré laisser ses traits vibrer en secret dans le blanc de la feuille. De toute façon, je n'avais pas le choix : je devais me contenter de la nudité, la plus simple expression d'un visage que la vie avait déserté.

« J'ai vécu des mois avec ce visage, m'avait expliqué mon grand-père, à peu près dans l'état où tu l'as représenté, me demandant chaque jour si nous allions pouvoir lui rendre la vie, le sauver… » Puis il avait levé vers moi un regard qui aurait pétrifié n'importe qui.

Ni couleur, ni lumière… Je n'ai jamais compris pourquoi le vieil homme se cachait si obstinément de la lumière. Nous vivions fenêtres et volets presque toujours fermés. La maison, d'ailleurs, avait été conçue pour loger l'obscurité. « La lumière n'est pas un bien de pauvre », assurait son locataire. Et pauvres, nous l'étions. Dans ce village, la haine était le salaire du fossoyeur. La haine de tous ceux dont les maisons étaient brillamment éclairées.

Ni couleur, ni lumière, ni bruit… Il régnait chez nous un silence de mort. On entendait les mouches voler, ainsi que les dents de mon grand-père, certaines nuits, grinçant l'une contre l'autre. Et s'il n'y avait pas eu, de temps en temps, ses colères terribles ou le fracas des roues de la charrette à bras, on aurait pu se demander si notre maison était habitée. J'avais beau, parfois, m'approcher de la fenêtre, tendre l'oreille, les sons, décidément, ne parvenaient pas jusqu'à nous. Mais déjà, j'imaginais la vie au-delà des murs de notre cour aveugle. Je pensais à la beauté des arbres que je devinais de l'autre côté. Je leur parlais, je m'adressais à leur absence. Je savais qu'ils me répondraient un jour et me parleraient de moi. Ce n'était pas le moment encore. Il fallait aller se coucher et réprimer les larmes que mon grand-père ne m'aurait jamais pardonnées. Je m'endormais. Le froid traversait mes draps déchirés et me glaçait le corps.

Faut-il garder la trace des êtres chers après leur mort, photos au sourire emprunté, objets auxquels, leur vie durant, ils ont eux-mêmes donné un sens ? Les aimer, par-delà leur disparition, n'est-ce pas avoir fait une croix sur toute forme d'apparition désincarnée ? L'amour porté aux disparus, leur adoration parfois, m'a toujours paru briller dans le vide de la tombe ou ressembler à un perpétuel enfouissement. Je ne sais pas au juste comment dire. Mais ce que je ne suis pas près d'oublier, c'est l'angoisse qui me saisissait quand, au gré des visites que mon grand-père m'imposait (pour l'aider, je tenais la cuvette quand il procédait à la toilette des morts), je découvrais les maisons des familles endeuillées envahies de souvenirs, jusqu'à en perdre probablement la mémoire. J'aurais voulu ramasser tout cela, en bourrer le cercueil, l'enfouir, le brûler, tout faire disparaître. Pour moi, il n'y avait pas de vie après la mort, rien à se représenter, et surtout pas la comédie d'une vie perdue. Les lèvres de la photo devenues sans crier gare les lèvres de votre blessure.

De ma mère, justement, rien ne m'était parvenu. C'était comme si (en mettant mon existence de côté) elle n'avait jamais vécu. Naître sous les bombes, il est vrai, prédispose à peu de souvenirs. Par mon grand-père, j'avais appris qu'elle avait pu se cacher quelques jours après l'arrestation de mon père. En fait, elle attendait purement et simplement la mort en écoutant de la musique. Presque uniquement du piano.

Une photo retrouvée par hasard tant d'années après : voilà tout ce qui me restait de mon père. Au moins, il y avait un visage. Un visage éteint. Une main devant la bouche, le cachant en partie. La photo d'un inconnu.

Derrière lui, une cheminée surmontée de ce qui n'était plus qu'une tache indéchiffrable.

Beaucoup plus tard, en retrouvant une autre photo – qui s'était révélée être le détail agrandi du dessus de cheminée – j'avais pu déchiffrer la tache : il s'agissait d'un poste de radio.

Belle découverte la radio : ce n'était pas ce qui pouvait rendre à mon père un visage, ni m'expliquer pourquoi ma mère et lui m'avaient donné la vie alors que la haine et la mort envahissaient le monde.

Tandis que j'écris ces lignes, je ne peux pas m'empêcher, malgré mes résolutions, de regarder une fois encore la photo de mon père. De regarder son insoutenable regard. D'essayer à nouveau d'imaginer le monde à travers son regard, au moment de ce petit matin qui n'en finit pas de projeter son ombre sur mes jours.

Attendre son père qui sera là ce soir. Qui va revenir… Cette certitude doit suffire. Pas besoin de se sentir rivé à une terre. Un père qui vous aide à passer du jour au lendemain, je ne suis pas sûr qu'il y ait d'autre façon d'apprendre qu'on est *vivant*.

J'ai toujours pensé qu'un père savait immanquablement une ou deux choses que son fils ignorait, portait, dans son regard, une sorte de fardeau invisible au commun des mortels.

Ne pas plier sous ce regard. Tenir avec l'infamie, la honte. Ne pas sentir la sueur froide vous ruisseler le long du corps.

L'une de ces dernières nuits, j'ai rêvé que mon père se penchait sur moi, au-dessus de mon lit, comme un père se penche au-dessus du berceau d'un nouveau-né pour s'assurer de son sommeil. Mais lui, il m'écrasait littéralement de son visage qui, au dernier moment, se révélait être une photo. Je m'agrippais à elle, tentais de la chiffonner, d'en faire une boule, mais l'image s'effaçait en un nom, le nôtre, celui que j'ai dû porter seul, et je le déchirais tout aussi violemment, lettre après lettre.

Frayeur d'un homme jamais vu : mon père… Surtout ne pas lui ressembler – c'était mon vœu dans les années d'enfance. Effacer cette mort qui devait me déchirer le visage, me faire ressembler à ces gueules cassées dont se détournaient les yeux des enfants. C'était étrange, je parlais de mon père comme si je croyais aux histoires de revenants. Comme si, par les pores de la terre, il observait le fantôme que j'étais devenu.

Né de père inconnu, né lui-même d'un père qui semblait tout ignorer de sa généalogie. La chaîne ne brille pas. La profondeur du trou donne le vertige. On doit comprendre, au-dehors, pourquoi les dents restent serrées. Élever la voix, monter le ton, aujourd'hui encore, reste au-dessus de mes forces. Je ne peux le faire, si j'ose dire, qu'à voix basse, seul à seul.

« Ils l'ont emmené à ma place », m'avait confié mon grand-père. Il n'y eut pas d'autre confidence. Sinon qu'il était déjà perdu, ici, les yeux baissés parmi les fleurs… Je me demandais ce qui avait pu se passer dans la tête de ma mère au moment de l'arrestation, quand elle a vu l'homme dont elle attendait un enfant s'éloigner sous les coups de crosse.

Plus tard, il m'a fallu tout reprendre, sans commencement. En traînant cette peur qui vous tenaille, en guise de commencement. Il m'a fallu traîner aussi la rage muette de ne pas avoir vu mon père sourire face à l'horreur. Quand je pensais à ses bourreaux, je me demandais si, dans leur poitrine, battait un cœur d'homme. Je serrais les poings et voyais, avec un soupir d'impatience, gonfler les veines de mes avant-bras.

Je n'aurais donc pas eu à cacher mon visage dans les bras d'un père. C'est peut-être pour cela que je n'ai pas eu de visage. Et c'est parce que je n'ai pas eu de visage que j'ai voulu, à mon tour, avoir un fils.

Mais que voit un fils qui fixe le visage d'un père sans visage ? Je raconte cette histoire dans l'espoir d'arracher le masque à tout jamais et découvre, stupéfait comme un innocent, qu'un masque ne fait qu'en cacher un autre. Si visage il y a au bout du compte, ce ne peut être que la face écarlate de l'écorché.

À chacun la gifle de son enfance.

Ce que j'appelle mon enfance est comme dans un autre monde.

La gifle que j'y ai reçue, il me fallait l'écrire, car je n'ai jamais pu la dire. Je la reçois encore quand, fasciné par la ligne de front, je prends le risque de me relire. J'écris *le risque,* car, après tant d'années, c'est dans un *trou* que je tombe dès que je m'aventure de ce côté.

Sur le moment, je ne m'étais pas aperçu de ce qui arrivait et allait si durablement me marquer. J'étais à mille lieues de prévoir combien l'image de ce *trou* allait me hanter.

Au début, pourtant, je l'aimais bien. C'était un élément du décor de ma vie, un point stable, même s'il se déplaçait à l'intérieur du cimetière, une présence que je vivais plutôt comme amicale. Par-dessus tout, j'adorais me pencher au-dessus de celui que mon grand-père venait de creuser, respirer son odeur de terre fraîche et noyer mon regard dans ses profondeurs pour me figer le sang dans les veines. Certains trous étaient si profonds que les contempler depuis la surface donnait un vertige à couper le souffle, que je détestais d'autant moins que je le redoutais. Il n'était pas si différent, réflexion faite, de celui que j'éprouvais le soir en m'endormant, quand je me répétais que j'étais un enfant que les yeux de sa mère n'avaient jamais regardé.

Fermer les yeux saisi par le vertige, dans cette nuit sans mère, c'était voir de mes propres yeux, dans la crainte de rester sur le bord, de ne voir jamais assez, d'être privé des éléments essentiels. Si bien que mon goût du vertige se retournait contre moi. J'aurais voulu voir le fond de l'abîme de plus près, de beaucoup plus près, et très vite pris de panique, je sautais du lit en cherchant désespérément un peu de lumière dans le pâle clignotement de l'enseigne lumineuse. Il n'empêche que dans cette épreuve redoutable je voyais comme l'effet d'un pacte secret conclu avec une mère invisible. Les jours qui passent m'ont appris que si les mères disparaissent, les trous demeurent. Toutefois je sais aussi qu'ils ne sont pas aussi profonds que je les imaginais. On peut très bien tomber dedans. On n'en meurt pas forcément.

Dès l'enfance que j'essaie de retrouver, j'étais d'ailleurs tombé dedans. C'était le sort presque inévitable qui attendait un orphelin de la campagne qui ne s'était pas trouvé d'amis pour faire les quatre cents coups. Livré à ma propre invention du bonheur, j'étais réduit à des satisfactions infimes auxquelles il m'arrivait de donner la portée d'un événement. Je n'ai pas oublié, par exemple, la découverte faite un jour d'une charogne de pie, ailes écartées, à moitié enfouie dans la boue du fossé. Je l'avais ramassée et emportée à la maison afin de l'enterrer dans un coin du jardin. La cérémonie avait eu lieu dans le respect absolu des règles que j'avais vu mon grand-père appliquer. Pour la première fois, il me semblait éprouver ce que vivent les proches du défunt en pareille circonstance. Et proche de cet oiseau, oui, je l'étais, car il ne m'avait, de son vivant, fait subir ni son hostilité ni sa haine. J'avais donc moi aussi, quelque part dans un trou de jardin, une carcasse pourrissante sur laquelle me recueillir avec émotion.

Mon bonheur ? Des fleurs coupées dans un vase, des plantes que je finissais par voir, des arbres dont je commençais à connaître le nom. Ailleurs, partout, l'impossibilité de respirer, de faire bonne figure. La plongée dans un temps en mille morceaux qui ne se rejoindraient sans doute jamais. Les arbres, eux, ouvraient une clairière ; la catastrophe qui les cernait ne pouvait pas les atteindre ; même la lumière ne les pénétrait pas. Je m'allongeais parmi eux et essayais de retrouver les sensations qu'avaient dû éprouver, dans une situation analogue, mes ancêtres inconnus, là-bas, dans la nuit des temps, et dans je ne savais même pas quel pays.

Derrière les arbres, il y avait les filles qui s'esclaffaient en me regardant. J'avais douze, treize ans. J'allais cueillir des fleurs pour mon grand-père dans l'espoir de les rencontrer, mais elles me faisaient peur. Dès que je les apercevais, je laissais tomber mes brassées de fleurs, ce qui déchaînait leur rire davantage encore. L'une d'elles, un jour, la plus âgée, la plus laide aussi, celle que les garçons ne regardaient pas, m'avait attiré dans un bosquet. En un éclair, soulevant sa jupe, elle avait plaqué ma main sur ses cuisses nues. Je lui avais jeté mon bouquet dans les bras avant de prendre mes jambes à mon cou, heureux de me retrouver bientôt en pays de connaissance, parmi les morts.

J'étais décidément un enfant que les morts paraissaient effrayer moins que les vivants, mais qui s'évanouissait – je retrouve ce détail à l'instant – à la vue d'une seule goutte de sang. Rien que les veines de mes avant-bras, que je regardais souvent en tendant les mains devant moi, me mettaient dans un état d'angoisse immédiat.

C'était peut-être lié : j'avais appris très tôt à me faire du mauvais sang pour les choses avant même qu'elles arrivent.

À ma rencontre dans cette course de la main sur le papier, la honte de mes vêtements imprégnés de puanteur. À y songer, j'en ai la gorge nouée aujourd'hui encore. Je rentrais à la maison plusieurs fois par jour et courais au puits creusé dans le champ voisin. J'en remontais des seaux d'eau que je me versais sur la tête en m'aspergeant tout le corps, dans l'espoir de chasser l'odeur. Mais le visage dans l'oreiller, le soir, alors que je tentais de m'imaginer dans les bras d'une jeune fille entièrement nue, j'étais rejoint par cette odeur qui m'étreignait jusqu'à la nausée, et dont seul le sommeil pouvait me débarrasser.

Je grandissais. Mon grand-père n'était plus en mesure de subvenir à mes besoins. Pas question, notamment, de m'acheter des chaussures neuves à ma nouvelle pointure. Je devais me débrouiller avec celles que mon père avait laissées. Au début, je me demandais où et comment il avait marché avec ces lourdes chaussures maintenant très usées, et qui, des années après, dégageaient encore l'odeur d'un inconnu. Ma démarche, en tout cas, en était devenue plutôt chancelante, à en juger par les réactions des rieurs qui m'imitaient volontiers sur mon passage. Je n'avais pas fière allure, j'en conviens, quand ainsi chaussé, et habillé de vêtements trop grands et défraîchis abandonnés sur le pas de notre porte, je me rendais aux veillées funèbres ou au village pour sonner le glas.

À la maison, les soirs mémorables où mon grand-père consentait à m'adresser la parole, c'était si inhabituel que j'en ressentais une sorte de malaise. Je ne l'aurais interrompu sous aucun prétexte pour mettre mon grain de sel. Il ne le souhaitait d'ailleurs sans doute pas. Je n'étais pour lui que l'auditeur de son histoire, toujours la même, qu'aussi bien j'étais tacitement dispensé d'écouter. Exceptionnellement, il pouvait lui arriver d'élever la voix, parce qu'il avait introduit une variante et souhaitait forcer mon écoute. J'avais remarqué qu'il trébuchait toujours sur les mêmes mots. En particulier sur le mot *père*.

L'arbre, de l'autre côté de la cour, avait grandi. Les repères changeaient. C'étaient des temps nouveaux. Une poule du voisinage, à l'occasion, se risquait jusqu'à notre porte. Elle en avait pris, en quelque sorte, l'habitude et avait eu à le regretter. Un jour, mon grand-père, qui la guettait, était parvenu à l'attraper. Aussitôt, sans l'ombre d'une hésitation, il lui avait enfoncé son couteau dans le bec, et l'avait soulevée triomphalement en l'emportant à la maison, suivi d'une longue traînée de sang. C'était pour mon anniversaire. À défaut de gâteau illuminé, nous mangerions de la viande, de la chair de poule. Je revoyais encore la lame sanglante, en passant à table, ce qui m'avait coupé l'appétit. Mais c'était la loquacité soudaine de mon hôte qui m'avait effrayé le plus. Il parlait comme s'il essayait de me séduire de la voix à la façon d'un beau parleur. Le silence, heureusement, avait très vite repris sa place : il s'était glissé chez nous comme dans une cachette glaciale. Et dans la pièce éclairée par le rectangle du four, le vieil homme déchiquetait méticuleusement la poule avec ses doigts, avant de l'avaler jusqu'à la dernière bouchée.

Seize ans. Arpenter les rues avec, derrière soi, toujours, le rire des filles. S'échapper, entrer comme un nouvel arrivant dans le village voisin. C'était ainsi que j'avais rencontré la fleuriste. Elle m'avait aperçu derrière sa vitrine, et m'avait fait entrer dans la boutique en fermant la porte à clef derrière moi. C'était une vieille femme aux cheveux presque blancs. Dans l'arrière-boutique, elle s'accroupissait et se relevait aussitôt, cherchant je ne savais quoi. Je regardais entre ses jambes. Elle n'avait pas de culotte et montrait, à mon grand étonnement, un sexe épilé, d'une nudité inattendue. Un sexe de petite fille. Elle avait souri de ma stupeur et m'avait entraîné vers son lit. « Viens que je te déshabille », m'avait-elle dit en écrasant sa bouche sur la mienne. Mon sexe se raidissait et se dressait, droit comme un *i*. J'avais peur qu'elle le trouve trop petit et se moque de moi comme les filles de mon village. Je me demandais aussi si l'odeur de terre qui ne me lâchait pas n'allait pas l'incommoder. Je lui avais posé toutes ces questions qui m'angoissaient et elle ne m'avait répondu que par un autre sourire, puis par une caresse, avec sa bouche. « Ne te fais pas de souci, avait-elle fini par me dire en attrapant mon sexe avec ses doigts pour l'enfoncer dans le sien. Je te le ferai grandir... » En attendant, j'étais en elle et elle rythmait mes coups de reins, de plus en plus vite, tout en me mordillant les seins, jusqu'à ce qu'elle retombe en arrière en poussant un cri. « Vide-toi en moi », avait-elle exigé, bras ouverts, les cheveux trempés de sueur. La lumière était si forte, dans cette pièce, que je voyais les os de ses mains. Les miennes, elles, gardaient son odeur, dont je n'arrivais pas à me défaire, malgré d'innombrables lavages. Sur le chemin du retour, j'avais l'impression que tout le monde la sentait et que nul n'ignorait l'inavouable.

L'aventure, pourtant, m'avait enhardi. Au village, je me risquais à de nouvelles tentatives avec les filles de mon âge. Mais c'était peine perdue. Leur hostilité m'était acquise. Un simple bonjour n'était pas accepté. Le rire avait cédé la place aux sarcasmes. Sous mes draps, le soir, je pensais à elles avec un désir sans espoir. Et dans la rêverie qui précédait mon sommeil, je me retrouvais dans les bras de la souillon au sexe épilé, ma fleuriste qui me prenait dans ses bras comme un enfant. « Je vais te préparer », disait-elle, telle une gouvernante de harem chargée de faire briller l'élue de la nuit.

Une pensée me donnait le vertige, en pleine nuit : la main brutale de l'Allemand. Ma tête tout entière dans sa main, puis les coups de corde sur mon dos nu. Dès les premières secondes, je parlais, sans même connaître le secret que j'étais censé garder. La douleur me perdait en un clin d'œil. Je parlais.

L'Allemand revenait. Je le chassais. Il revenait. J'aurais voulu le faire disparaître à jamais de la surface de la terre. Ou au moins en effacer les traits dans le visage des enfants et des hommes.

L'hiver, dans l'herbe grisâtre, ils n'avaient pas que des vers de terre à torturer. À la récréation, le jeu favori de mes camarades de classe était de me maintenir plaqué contre le mur et d'inviter à défiler devant moi toute l'école pour me sentir la bouche. « Ça pue la mort », hurlaient-ils. Ils m'accusaient d'être le complice de mon grand-père, qui aurait gardé, pour notre consommation personnelle, les meilleurs morceaux des cadavres qu'il devait enterrer. J'ignorais s'ils croyaient eux-mêmes à ce qu'ils disaient. Mais ils avaient trouvé, à mes dépens, un jeu. Et ils s'y tenaient. N'hésitant pas à faire payer au petit-fils du fossoyeur leur condition de mortels, et les inconvénients qui en résultaient. Or, justement, je n'ouvrais pas la bouche. Je restais bouche cousue jusqu'à ce qu'ils se lassent. Je tombais alors sur les genoux, étourdi de tant de haine. Puis j'humidifiais de salive mon mouchoir et le passais sur mes lèvres qu'ils avaient touchées avec leurs doigts.

J'avais une gueule de singe. Une face de rat. Une voix de châtré. Mon père avait rampé dans les excréments pour trouver du pain, et je n'en méritais pas tant. Il fallait vite fait me chasser de cette terre pour qu'elle soit plus supportable. « Un doigt trempé dans ton sang, j'écrirai à ta mère une lettre d'amour… », vociférait l'un des plus agités. Il pouvait arriver que les injures se taisent dans un énigmatique sourire. Je le prenais, au début, pour la fin de mon calvaire. Mais en fait, c'était à eux-mêmes qu'ils adressaient ce sourire, qui scellait entre eux une complicité si forte qu'il leur était inutile de se parler. Redoutable sourire, par conséquent, par lequel mes tourments ne faisaient que commencer.

Leur cruauté sans appel et sans exception. Leur bave, quand ils me crachaient dessus, s'essuyant la bouche avec le dos de ma main gauche.

Un jour, très excités, ils avaient apporté un couteau et s'étaient amusés à m'entailler la paume de la main droite. Le sang avait coulé. J'avais très mal. Ma douleur avait redoublé leur excitation et ils m'avaient brisé la main. Je me souviens que je fixais les arbres. Je ne savais plus à quoi me raccrocher pour ne pas m'évanouir. Je n'avais plus de mains pour me cacher le visage. Le monde n'était plus qu'un bouquet d'images papillonnantes, au goût de cette terre qu'ils m'engouffraient dans la bouche, cette terre gluante de sang. Mes yeux, par éclairs, cherchaient du secours. Rien d'autre alentour que ces faces de férocité. Rien que des menaces en réponse à mes supplications.

Et toujours, ils portaient leur nez au niveau de ma bouche et disaient qu'elle sentait le cadavre et la merde de chat. J'avais peut-être avalé une bête immonde qui pourrissait au fond de ma gorge ; j'y abritais je ne savais quelle pustule géante… Au moins, cela m'avait servi de leçon. J'avais appris à rire sans ouvrir la bouche ; à parler sans découvrir mes dents ; à avoir la rage au cœur, jour après jour, sans pousser un cri ; à cacher sous une langue glacée une fureur de feu.

Attendre la mort, ça aurait pu consister à devenir le père des enfants de la sœur de l'un d'eux. De temps en temps, autour d'un bon verre, nous nous serions remémoré, les uns et les autres, avec force éclats de rire, les facéties de naguère, ramenées au niveau d'un jeu d'enfants.

Pour l'heure j'étais encore leur victime que tout désignait. À commencer par mon nom, notre nom, qui était comme du sang jeté sous le nez d'une bête sauvage. Il avait la faculté de déchaîner leur fureur, qui passait progressivement de la moquerie seulement méchante au rejet de l'étrangeté dont il était, à leurs yeux, entaché. Il est vrai que, prononcé par eux, il m'apparaissait, à moi aussi, comme étranger. Ses lettres délimitaient un lointain carré de terre, désormais dans l'ombre, car le soleil l'avait à jamais délaissé.

« Quelle langue parlez-vous ? », m'avait demandé un nouveau maître en début d'année : mon nom, à l'entendre, ne pouvait pas lui indiquer d'où je venais. Il avait lu ensuite ma copie à haute voix, isolant en riant certaines phrases pour en souligner la maladresse. Je ressemblais, avait-il commenté, à un étranger qui, cherchant à bien faire, ne ferait que singer la langue du pays. J'aurais dû avoir la pudeur de rendre ma copie blanche, avait-il suggéré, droit comme s'il s'était apprêté à lever les couleurs.

J'aurais dû, en effet, quitter l'école, cesser de m'infliger ces morsures de chiens, puisque, de toute façon, je savais que tôt ou tard, je serais *pris.*

En retrouvant ces traces des jours épouvantés, j'ai revu briller leur sourire dégoûtant dans leurs bouches d'acier. Ils étaient tous bien vivants, et hurlaient le poil dressé, ces compagnons de mon enfance, excités par l'écho de leurs propres cris. J'étais vivant moi aussi, avec la haine qu'ils avaient logée en moi, et qui pouvait rejaillir à tout instant.

Et pourtant, quand j'ai voulu revoir l'herbe bouger sur la terre de mon enfance, peu avant les événements qui m'ont conduit où je suis, tout était rentré dans l'ordre des murs moisis et des cheveux blanchis. Sans doute leurs fils avaient-ils élu un autre souffre-douleur : mais c'était une autre histoire.

Devant la maison de mon grand-père, un journalier venait d'ouvrir la terre, éclatée en énormes mottes grasses, dont je ne croyais toujours pas mes yeux. J'avais pris avec moi un carnet pour tenter de noter, *sur le motif,* ce que je voyais – et m'efforcer ainsi, une fois pour toutes, de m'en détacher. Je n'ai pas besoin de dire que ce projet avait été très vite abandonné : autant ramasser une motte et regarder la poussière vous glisser entre les doigts... Surtout, j'étais encore prisonnier de ces quatre pieds de terre qui, dans ces années déjà lointaines, m'avaient convaincu de leur appartenir après avoir fait de ma vie une infortune en sursis.

Dans mon incursion à contretemps, j'avais été hanté par la présence du vieil homme, sur l'horizon de sa fin, les lèvres presque blanches, absentes.

L'étrange oubli dans lequel il est tout de suite tombé, parti sans un baiser, sans un signe d'adieu…

Un homme usé, tremblant de fatigue et de froid. Le visage blafard, terreux. Presque pas de bouche : sa mère avait dû oublier de lui faire une bouche, si bien que les mots lui restaient, sauf accident, entravés dans la gorge.

Il y avait tant d'absence dans son regard. Il creusait. Je ne lui avais pour ainsi dire pas connu d'autre geste : celui-là avait donc eu pour moi une importance démesurée.

Les derniers mois, je lui apportais pratiquement chaque jour un bouquet de tulipes couleur feu. C'était pour qu'elles lui transmettent leur flamme, qu'elles embrasent toute sa vie. Il faisait peine à voir. Il lui fallait vraiment toute sa volonté pour empêcher sa main droite de trembler. Il savait que s'il cédait sur la main, c'était le corps tout entier qui serait emporté. Le tremblement deviendrait une panique de tout le corps, un affolement. J'ignorais ce qui pouvait encore lui armer le bras et lui donner la force de chanter, les yeux clos, sans cesser de se lécher les lèvres, étonnamment sèches.

Il retenait son souffle, attendait. Sa main droite retombait lourdement, comme si elle allait entraîner tout le corps. Il allait poursuivre, malgré tout, jusqu'à ce que la mort lui saisisse le poignet. Il ne fallait pas compter sur lui pour mettre sa pelle au rebut.

Sa charrette à bras était remplie à ras bord de fleurs dont le parfum lui éclatait au visage. Il avait beaucoup de mal et le laissait paraître, tirant sur les brancards, attelé comme une bête. De plus en plus souvent, il s'arrêtait pour boire de l'eau et essuyer la sueur qui l'aveuglait.

C'était un homme à bout de souffle, qui n'avait plus que la force des pauvres. Une force certainement immuable, mais qui, l'âge aidant, lui suffisait à peine pour s'appuyer contre moi.

Les déplacements lui étaient devenus si difficiles qu'il lui arrivait de ne plus monter se coucher. Il s'endormait vaguement sur une chaise, basculée contre un mur. Pour tout repas, il grignotait un morceau de pain dans une pause de souffrance.

Il ne se mettait à revivre que dans la grisaille du matin, quand, au petit cimetière, il crachait dans ses mains. Il l'aurait ce trou, il l'aurait bien avant que vous n'ayez ouvert l'œil, dans la chaleur de vos lits ! Lui non plus n'avait pas froid, dans ce brouillard sinistre qui étouffait le bruit de la pelle. Il creusait, il creusait, et son visage ruisselant de sueur montrait un air satisfait. Par instants, il se passait dans les cheveux une main maculée de terre. Puis il continuait à creuser.

Un autre jour encore. Nous étions tous deux de part et d'autre d'une tombe qu'il finissait de recouvrir. Entre les pelletées, je voyais ses tremblements, de plus en plus forts, et l'éclat du fer de la pelle. J'avais appris à rester bouche bée, mais j'aurais voulu le rassurer, le serrer dans mes bras, embrasser sa peau salée par la sueur. Lui non plus ne soufflait mot, et le regard toujours perdu vers la voûte du ciel, il crachait dans ses mains et jetait les pelletées de terre dans le trou qui nous séparait. Arrivé au bout de ses peines, il m'avait tendu les deux mains par-dessus la tombe.

Je n'habitais déjà plus avec lui à cette période. Une rencontre avait fait de moi un apprenti fleuriste dans un village voisin. Mais je lui rendais visite assez souvent. C'était ainsi qu'un soir je l'avais trouvé prostré dans un invraisemblable désordre. Sur le linoléum étaient éparpillés les papiers accumulés pendant toute sa vie, parmi ses bouteilles de Coca-Cola et ses outils. Même les lits, dans la chambre, avaient été retournés, les matelas et les draps rapiécés à moitié tirés du sommier. En bas, sous l'évier, traînaient des liasses de billets crasseux dont j'ignorais complètement la provenance. Un chaos qui ne s'expliquait par aucune trace de lutte, sinon celle que mon grand-père était manifestement en train de se livrer à lui-même. Pas de doute que sa main glacée de froid s'apprêtait à tourner une page. Je ne lui avais pas posé de questions. D'ailleurs, il ne faisait pas attention à moi. Debout devant la fenêtre, il paraissait regarder, de l'autre côté de la rue, les enfants jouer.

À mesure que le temps passait ses mains tremblaient tellement que sa cause semblait, pour ainsi dire, entendue. Il s'épuisait de plus en plus vite. Creuser un trou devenait toute une histoire. Longtemps avant, il s'en faisait un monde. Un jour, un convoi était arrivé alors qu'il n'avait pas achevé sa tâche. Il n'avait pas supporté le regard d'impatience de la famille du défunt. C'était comme s'il avait trahi une confiance, manqué à un devoir. Si quelqu'un, ce jour-là, s'était approché pour l'assommer, il n'aurait pas eu la force de lever le bras pour se protéger la tête.

Le lendemain, la fièvre avait monté. Il claquait des dents, délirait un peu. Il souhaitait que je l'accompagne au cimetière pour « avaler, disait-il, cette bouillie de temps glacé ». Il ne pouvait plus rester entre les quatre murs d'une maison qui ne serait en aucun cas pour lui une dernière demeure. Je lui donnais le bras. La marche était difficile, parce qu'il était très lourd, et que je portais sa pelle et un énorme bouquet de tulipes. Nous n'avancions, donc, qu'à petits pas, nous arrêtant à tout bout de champ en équilibre instable. Je pensais que nous n'arriverions jamais. Il le fallait pourtant. Et sans se couvrir de la honte d'avoir utilisé la charrette à bras. Nous devions, bras dessus bras dessous, lui et moi, arriver la tête haute. Sa souffrance faisait peine à voir. Son visage blanc et froid, de plus en plus décharné, s'apparentait à ceux qu'on appelle *en lame de couteau*. La mort avait commencé son travail en prenant en acompte le visage de mon grand-père.

En nous donnant le bras, nous avions franchi le portillon, celui que nul n'est censé franchir en ignorant où il met les pieds. Il souriait. Pour lui, c'était une victoire. Il chantonnait même, de sa voix rauque qui se perdait dans l'air comme des cendres. Pas de baisers, nulle effusion. Il avait tout réglé dans le moindre détail dans un accord conclu avec lui-même. Je devais le laisser seul. Il m'avait indiqué le portillon du regard après m'avoir accordé une poignée de main qui devait être un point final. Comme je tardais un peu, il m'avait donné un coup de pied qui m'avait fait terriblement mal. J'avais l'impression que nous étions deux coqs de basse-cour se disputant le même enclos ; l'un, toutefois, voulait y mettre de la mort et l'autre tout son amour.

Le fracas avait repris et étendait sa terreur. J'entendais le sifflement des pelletées et le drôle de chant de mon grand-père, d'autant plus prenant qu'il ne l'adressait qu'à lui même. Il creusait très lentement, comme s'il savourait son plaisir. Je l'observais derrière le portillon, non sans malaise, mais je ne pouvais pas me résoudre à l'abandonner. De temps en temps, il séchait la sueur sur son visage blanchâtre, défait par la douleur et la fatigue. Sur sa chemise éclaboussée de boue, il essuyait sa main droite pleine de terre et regardait le ciel, de plus en plus sombre.

La pluie, soudain, s'était mise à tomber. Une vraie pluie d'orage. Des trombes d'eau, un déluge s'abattaient sur les tombes transformées en petits îlots. L'eau ruisselait en cascades dans le trou fraîchement creusé. Rien n'était épargné sur son passage : même pas la pelle, emportée par le courant.

Mon grand-père avait cessé de chanter. Il s'était entièrement dévêtu, avait sauté dans le trou à peine creusé et s'était allongé en ramenant sur lui, de ses deux mains, toute la terre trempée qu'il pouvait saisir. Puis l'obscurité avait laissé la place à un grand éclair aveuglé de blanc.

Les plus belles années de ma vie m'attendaient. Celles que j'aurais passées à regarder végéter les plantes. Un coucher de soleil avait provoqué le coup de foudre. Ou plutôt la symphonie des couleurs jouée par ses rayons pointés sur les cornouillers sanguins. C'en était fait de moi. Ma voie était toute tracée.

Quand j'avais annoncé à mon grand-père ma décision de me consacrer à ce que j'appelais ma passion, il avait ouvert et fermé la bouche à la façon d'un enfant qui chercherait à prononcer des mots que ses lèvres n'auraient jamais appris. De toute façon, à cette époque, je voulais prendre mes distances, relâcher le lien, me tenir à l'écart d'une vie décidément trop proche de l'attente de la dernière heure. Car ce n'étaient pas seulement les trous creusés dans la terre qui me donnaient le vertige, mais déjà le trou noir de la serrure de la maison. Je n'arrivais pas à croire qu'une vie puisse se loger dans l'obscurité de ses murs. Nos jours et nos nuits ne pouvaient certainement pas se confondre avec la vie.

Après mon apprentissage et mes premières expériences dans les parcs et jardins, j'avais volé de mes propres ailes. La recette était simple : une bouture, un pot. Et bientôt des milliers de pots. Tout devenait possible. Mon avenir était assuré. Le monde m'appartenait. Les unes après les autres, toutes les municipalités de la région m'avaient choisi pour fleurir leurs monuments aux morts. Et mon ascension ne faisait que commencer. Qui aurait pu prévoir la métamorphose de l'enfant timoré que j'avais été ? Mon grand-père lui-même, s'il avait vécu, n'aurait pas pu me reconnaître.

À la place d'un pin, je pouvais planter un magnolia ou un palétuvier, et ainsi de suite presque à l'infini. Je pouvais ouvrir des trous dans des haies. Dessiner dans les jardins des lignes droites ou brisées, distribuer des ombres et des lumières, créer des plages de calme ou de violence, donner un ordre au chaos des plus grands paysages. Il y avait bien là de quoi griser un petit-fils de fossoyeur.

Au début, la jungle me fascinait beaucoup plus que les pelouses bien taillées, et j'avais tendance à favoriser les exclus des jardins trop policés, par exemple les ronces et les chardons. Ce qui m'avait amené à courir le monde en quête de certaines espèces que les livres m'avaient signalées. Il ne m'en avait pas fallu davantage pour acquérir le goût de la chasse aux trésors et le virus du collectionneur. Ma vie avait maintenant un but : dénicher l'introuvable, être le seul à posséder une espèce que les plus avertis convoitaient.

Je domptais les plus rebelles et les multipliais. Je me souviens de mes premières cornes de cyclamen rapportées d'Angleterre, devenues des centaines. Comme c'était simple ! De la terre de bruyère, de l'eau, un peu de tendresse – et les graines devenaient tout un champ.

Aucune autre pensée que la convoitise, l'avidité, l'impatience. Tout plutôt que l'abandon de l'enfance silencieuse. Tout et aussitôt. Du lever au coucher du soleil, biner, sarcler, tailler… Protéger, restaurer, semer sans jamais ménager sa peine. Donner le jour aussi bien que la mort, un sécateur complice à la main, quand ce n'était pas la scie ou la tronçonneuse.

Fort de mes succès, un peu plus tard, j'avais mis en scène mes plantes dans des murs végétaux, des grottes et des pergolas, des jardins exotiques, un jardin anglais avec un rocher pittoresque, un théâtre de verdure bordé de bustes de poètes, où arbres et arbustes de tous âges offraient un spectacle continu depuis les floraisons de printemps jusqu'aux couleurs flamboyantes de l'automne, un petit bois, enfin, des frayeurs enfantines. Au centre de ce que j'appelais mon « domaine », moi qui aurai finalement consacré ma vie à semer du malheur et engranger de la solitude, j'avais fait construire, tel un morceau de paradis mis en cage, un gigantesque palmarium à coupole de verre. Je l'avais fait flanquer d'une magnifique serre froide, pour rentrer en hiver les plantes qui craignaient le gel, et d'une serre tropicale de douze mètres de haut pour abriter, sur deux étages, ma collection de plantes des pays chauds. Une exceptionnelle serre dodécagonale, vestige des serres monumentales du XIXe siècle dernier, complétait l'ensemble : elle était consacrée à un bassin réservé aux nénuphars géants.

La fatigue aidant, il m'arrivait d'être au bord des larmes quand je considérais mes biens, toutes mes collections, tant de richesses accumulées en si peu d'années. J'étais comme un enfant que l'histoire ne persécute pas, et qui conserve mille trésors en secret dans un coin de sa chambre : ainsi, je protégeais jalousement mes cyprès chauves, mes noyers d'Amérique, mes rhododendrons géants et surtout mes tulipiers.

Sur une terrasse en contrebas, Lune avait planté des arbres d'espèces rares provenant des quatre coins du monde : séquoias, cèdres aux nombreuses variétés, ginkgos, fromagers resplendissants, vastes amandiers indiens... ménageant des effets de surprise à chaque détour. J'avais tenu à ajouter un champ d'oliviers centenaires, des pièces de collection provenant d'Espagne, dont les troncs étaient d'impressionnantes sculptures sur bois avec lesquelles la main de l'homme n'aurait jamais pu rivaliser. Les villageois silencieux défilaient devant eux presque au garde-à-vous, stupéfaits comme, en un autre temps, les Soviétiques devant le mausolée de Lénine. Quant à moi, je plantais, et à mesure que je plantais, le désir de planter bouillonnait encore. Cela n'en finissait plus. Je ne pouvais plus me passer de ces arbres qui m'apparaissaient comme des démonstrations de force retenue, mise en souffrance dans la terre mais qui se déchaînerait le moment venu. Les branches se balançaient dans l'air des jours nouveaux.

Ce qui m'émerveillait le plus, c'était qu'à la seule force de mes poignets, j'avais pu prendre ma place dans la lignée de mes prédécesseurs. Spontanément, j'avais même retrouvé des gestes et des intuitions des plus illustres, comme s'ils me les avaient transmis : j'avais eu ainsi l'idée, qui s'était révélée si heureuse, de saupoudrer de sang séché et de poudre de corne de bœuf mes boutures de buis. Héritier malgré moi d'une pratique ancestrale, je me glorifiais de l'avoir inventée, boursouflé comme un dindon. Et si j'acceptais de faire partager mon secret, c'était toujours avec la plus grande parcimonie, comme des bouts de vérité jetés aux quatre vents.

De telles communions de pensée avec mes prédécesseurs n'étaient pas monnaie si courante. Elles se produisaient pourtant suffisamment pour me mettre à la question : comment des inconnus pouvaient-ils, comme ces prédécesseurs, faire en somme partie de moi-même ? Nous étions bien, les uns et les autres, les maillons d'une chaîne. Cette histoire de sang séché me montrait que même de très loin, et dans l'ignorance de nos existences respectives, nous nous parlions sans mot dire. N'importe lequel d'entre nous, mort ou vif, s'adressait à tous les autres. N'importe lequel d'entre nous, en même temps, si quelque chose de la vie des autres se marquait en nous comme au fer rouge, cherchait à s'inventer contre eux son histoire, à marcher vers l'inconnu bien résolu à ne pas prendre le relais qu'on avait voulu lui imposer sur la ligne de départ.

J'avais donc retrouvé ma lignée en me détournant du chemin tracé par mon grand-père. Moi qui venais *après* lui, je n'aurais voulu à aucun prix prendre sa suite, passer mon temps le nez dans la terre nue comme le sexe de la fleuriste, vivre de l'ensevelissement des morts. À mettre, chaque fois, un pied dans la tombe avec eux, on ne pouvait qu'y laisser des plumes. Le métier que j'avais choisi, même s'il ne m'avait pas éloigné de la terre, m'avait permis, de mes dents acérées, de couper la corde. J'avais, pensais-je, repris ma vie à la mort. J'espérais ne plus en être l'indécrottable remâcheur. Mais c'était au prix de cette faim insatiable qui ne me laissait pas en repos.

C'était au prix de cette manie de collectionner les végétaux et de les multiplier sans trêve comme si je n'en possédais jamais assez. J'opposais leur beauté à tous ces mensonges refermés sur ma vie, qui me faisaient bouillir le sang.

L'un de mes plus vifs plaisirs, dans mes serres anciennes restaurées à grands frais, et dont la visite était interdite comme aurait pu l'être celle d'un atelier où se serait élaboré en secret l'art de l'avenir, consistait à inventer de nouvelles associations, des croisements inédits de roses : des roses jaunes, je me les rappelle encore, pour la plupart chamoisées, rosées ou pâles, avec des roses thé, blanc ivoire, ou en contraste avec des violacées ; ou bien du rouge vif, ponceau orangé, avec du blanc crème et du rose carminé. Une palette vivante, en quelque sorte, qui, suivant le rythme de la sève, des saisons et du temps de floraison, me permettait d'assurer l'« allumage » du jardin. Et partout, à la bonne saison, en massifs, en buissons, grimpant aux murs et aux portiques, sur les arceaux et les tonnelles, blanches, pourpres, jaunes, rose pâle, thé, mauves, lilassées, carminées, cramoisies ou violacées, larmées de pépites d'or, des milliers de roses, des centaines de variétés, des espèces rares, introuvables ou même inconnues.

Mon but était bien de posséder les fleurs, plutôt que les connaissances. Je n'avais jamais eu l'ambition de devenir botaniste, tout à l'obsession d'identifier et de classifier, de reconstituer des arbres généalogiques. J'aurais été incapable de nommer un grand nombre de mes plantes, ce qui ne m'empêchait pas de les aimer. Il ne m'était pas nécessaire de chercher sans cesse l'origine, la cause ou la raison. *Ressentir*, tout à ma surprise, voilà ce que je voulais, et non pas me risquer dans des régions qui, si on examine la question de près, ont partie liée avec la décomposition.

Ressentir, le cœur battant, au rythme de ce qui surgissait à l'improviste. Je ne voyais pas le temps passer, comme un homme sans progéniture. Je me contentais d'avoir peur pour mes mains.

Retrouver la capacité de regarder un arbre, n'était-ce pas autrement important que de connaître son nom et son origine ? Je menais un combat de tous les instants pour que mon regard ne tombe pas. C'était beaucoup trop dangereux, cette terre noire d'autrefois, sans horizon. Ce monde sans lendemain.

La confiance que me donnait le regard soutenu d'un

arbre. Il était comme une cible fixée au loin, une invitation à se tendre vers l'avenir. À sa vue, je ne tournais plus dans la cage de la terre. Sa leçon de vie me dispensait de m'escrimer à fouiller les cendres.

Ce que j'aimais également, dans ce métier que j'avais choisi, c'était qu'il fallait toujours recommencer. Rien n'était jamais acquis une fois pour toutes, et je n'étais jamais assuré que les mêmes causes produiraient les mêmes effets. Ce n'était pas seulement une histoire de main verte : il fallait compter aussi avec le harcèlement de la main du diable, mais de celle-là, aujourd'hui encore, je préfère ne pas parler.

Mes petits cœurs… J'avais fini par les appeler ainsi, mes arbres et mes plantes. Et je leur témoignais plus d'attention, je leur prodiguais plus de tendresse, c'est vrai (avec eux, j'étais tout miel), qu'à mon propre fils.

J'étais devenu le fournisseur exclusif des personnalités les plus en vue. J'avais moi-même mon couvert à la table des grands. Les micros se tendaient, les journaux s'arrachaient mon point de vue. Je m'étais d'abord présenté comme jardinier-paysagiste ; ensuite, comme architecte-paysagiste ; enfin, comme dessinateur-sculpteur de paysages. Je m'étais constitué un carnet d'adresses dans le monde entier. Je savais à peu près qui, des mille cinq cents conservateurs des principaux jardins botaniques ou arboretums, possédait quoi. Je n'ignorais rien de ce qui faisait courir mes concurrents. J'avais des listes, des fichiers informatiques : je ne me contentais pas de bottes et d'un tablier. Ma carte de visite était un volumineux index où tout était noté de la croissance de mes espèces, toutes les données pratiques permettant à l'amateur de Tokyo ou de Cincinnati d'en apprécier la qualité : température du jardin, précipitations, acidité, jours d'ensoleillement, jours de brouillard. Et je joignais des conseils d'utilisation de mes plantes les plus rares.

Il fallait savoir jouer avec les couleurs changeantes au gré des saisons. Rouge, doré, vert, bleu acier... Émeraude, pain brûlé, chocolat, caramel... J'étais toujours étonné de ce qui pouvait se passer quand j'orientais dans le soleil les vaporeux, argentés ou cuivrés. J'aimais faire porter mes efforts, paradoxalement, sur les tons qui n'existaient pas dans la nature : les cuivrés, justement, les tigrés, les roux. Je travaillais aussi les couleurs intenses pour les grandes fleurs : les rouges violacés très purs avec, en contraste, les étamines très claires. Il me fallait également être attentif, en les plantant, à ce que serait le bruissement des végétaux dans le vent, à l'influence de la brume, aux gouttelettes de pluie qui devaient pouvoir s'accrocher dans les petites inflorescences.

Chaque mois mon grand-père – j'ai omis de rapporter ce détail – enterrait cérémonieusement, dans un coin du jardin, les épluchures d'oignons, dont nous étions d'exceptionnels consommateurs parce qu'il les aimait plus que tout au monde. De mon côté, je me livrais, au même rythme, à une autre cérémonie : la tenue des livres de comptes. Par temps chaud, la tête en l'air, il ne me déplaisait pas d'observer le manège des bestioles – mouches, moustiques, moucherons... – s'immobilisant autour de mes yeux et de mes oreilles, convoitant mes cheveux imprégnés d'humidité, se mêlant à l'occasion à mon haleine.

Chacun est à sa place, en définitive, le long de la ligne. La nôtre ? Celui qui la tenait dans ses mains, je ne savais quel géant, plutôt que d'en réunir les deux bouts, avait préféré la balancer sans fin.

J'aurais voulu le faire disparaître une fois pour toutes, l'appel venu du fond de l'enfance. Qu'il pourrisse à jamais sous l'amoncellement des autres cris. Mais c'était plus fort que moi, j'étais repris, toujours, par le goût des cendres. À quoi pouvait ressembler le père de mon grand-père ? La question, à un moment, m'avait obsédé, sans que j'ose, évidemment, la formuler. Je l'avais fait, pourtant, alors que j'étais déjà loin de la maison, enhardi par la bonne fortune qui paraissait me sourire. Mon grand-père, à ma surprise, avait accepté de me dire quelques mots sur son père. La dernière fois qu'il l'avait vu, c'était après une si longue absence qu'il le tenait pour mort. Il portait une barbe blanche qui le rendait méconnaissable et avait sorti d'un sac en plastique, comme s'il s'agissait d'un trésor, une langue et une cervelle de bœuf enveloppées dans du papier journal. C'était un cadeau qu'on lui avait fait aux abattoirs. Et mon grand-père avait dû avaler ces viandes molles qui lui soulevaient le cœur. De temps en temps, quand son père détournait les yeux, il en recrachait des bouchées, qu'il lançait ensuite au-dessus de son armoire. La viande avait creusé un vide en lui, disait-il. Elle l'avait contraint à s'effacer dans une quasi-disparition, au moins quant à la possibilité de parler.

On le disait au village : il avait toujours eu comme un bâillon enfoncé dans la bouche.

Le bâillon fut la part la plus belle de mon héritage, le terreau de ma passion à venir. Avec le trouble sur les commissures, acquis à force d'ouvrir les lèvres de la terre.

Prendre soin des végétaux au jour le jour, c'était une voie ouverte et claire, de loin préférable à celle qui consistait à regarder sans ciller le visage des morts : je pouvais passer tout une journée sans avoir adressé la parole à quiconque. Le mutisme que j'affichais en famille ou en société avait donc un pendant : mon désir irrépressible de garder la trace écrite de ce que je ressentais quand j'avais les mains plongées dans la terre. Autant dire qu'un tel désir ne pouvait en aucun cas être satisfait sur-le-champ, et que lorsque je trouvais le temps de m'asseoir à une table, les quelques mots que j'avais pris soin d'isoler dans un coin de ma mémoire et qui, l'après-midi durant, m'avaient communiqué leur intensité, en m'aidant à supporter la monotonie des gestes quotidiens, avaient fondu comme neige au soleil, me laissant dans la déception de l'amant constatant à son réveil que sa belle s'est enfuie.

J'ai bien conscience d'en être victime sur ce papier où je me fais l'effet d'être un chien stupide aboyant de joie à la seule idée d'avoir aboyé. Je m'imagine embrasser ma vie alors que je ne fais que m'appuyer sur un arbre mort que le lierre a déjà complètement envahi.

*Sur ce papier* : comme si le tremblement de ma main pouvait me faire oublier les trépidations de la route. Ce sont elles, en tout cas, qui secouent mes phrases, car je suis aujourd'hui au volant, en veine de parole, battant le rappel de ce qui a fait et défait ma vie, alors qu'à mes côtés, depuis notre départ, tu n'es toujours pas sorti de ton mutisme. Dès que je prononce un mot, je sens en toi quelque chose qui bouge, une sorte d'imperceptible vibration que je n'ai sans doute pas l'oreille assez fine pour percer à jour (j'ai d'ailleurs toujours été convaincu que dès le premier cri du nouveau-né son père devenait sourd). Chaque mot sombre dans un gouffre, une réserve peut-être, que tu ouvriras le moment venu. Pour le moment, tu te contentes de regarder loin devant, et ce que fixe ton regard me reste interdit. Ce que je peux assurer, c'est qu'à aucun moment de notre voyage, tu ne m'as regardé. Mais persister à ne me jeter aucun regard, comme tu t'es appliqué à le faire, n'était-ce pas la manière la plus radicale de me fixer dans les yeux ?

De quel côté es-tu aujourd'hui ? Vas-tu rejoindre le camp de ceux qui, depuis l'enfance, m'ont traité comme un chien ? Je suis bouleversé à l'idée que mon fils, le sang de mon sang selon l'expression consacrée, puisse être de la trempe de mes ennemis.

J'ai honte de toutes ces paroles que je t'inflige depuis que nous sommes partis. Je voudrais que tu saches que si je me suis donné la faculté de parler, c'est comme une branche qui se décharge de son poids de neige. La branche est nue, en effet, et je réalise l'ampleur de ma déconfiture.

Je n'ignore pas que les phrases des beaux parleurs ne nous disent jamais rien. Qu'elles ne nous ont jamais dit un mot de ce qui nous empêche ou nous permet de vivre. Je hais ces bavards qui pour la seule joie de faire un mot descendraient père et mère en faisant partir le coup à des centaines de mètres. En fait les beaux parleurs, pas plus que les bien-pensants, n'arrivent à rien. On finit par ne plus voir que leurs horribles dents jaunes. Nous sommes comme ces bêtes sauvages qu'un chasseur vient d'abattre. En parlant, nous courons après le coup. Quelques mètres suffisent pour gâcher la viande, qui puera désormais l'angoisse et la mort. Il en va ainsi de l'haleine du bavard. Seul le silence peut laisser en nous une fraîcheur proche de la paix.

Ainsi, sans aucune nécessité particulière, c'était le bavard qui s'était invité en moi comme un intrus, qui avait arraché le *oui* à ta mère. Forts de mes histoires, nous nous étions tenus embrassés jusqu'à ta naissance avec des hauts et des bas de méchanceté. Dans ses bras, je croyais définitivement arrêter tout ce que j'avais vécu. J'ignorais encore que nous n'embrassions que du vide, et que, très vite, si je ne mettais pas le holà, je me perdrais. Une fois de plus, une main mauvaise sur ma hanche, je ne savais pas où j'allais, sinon que je m'enfonçais dans un sentiment de vide sans fin.

Au début, tout allait bien. Le présent suffisait. Je m'étais laissé étourdir par la violence des premiers baisers derrière les fleurs rouges. Puis les baisers s'étaient faits plus rares, les silences plus lourds, les départs plus rapides. Je ne pensais plus qu'au grand départ, comptant les heures, les minutes, sans cesser de le redouter.

Je regardais l'horizon, m'apprêtais à me mettre en route, c'était décidé, ça serait pour cette fois, puis je pensais aux traces laissées par l'histoire, à nos visages défigurés pour toujours. Laisser l'autre en chemin, c'était se donner la liberté de quatre pas, avant de devoir renoncer à soi-même, rompre une seconde fois, se retrouver en morceaux, hors jeu, dans l'impossibilité de poursuivre.

C'était dans un bar minable où je buvais sans soif une menthe à l'eau que j'avais rencontré ta mère. Je n'avais pas attendu de la mieux connaître pour lui dire mon trouble : la hâte refermait sur moi le piège, en ces circonstances amoureuses, avant même que j'y aie introduit tout le corps. Empressé, donc, comme un amant qui aurait bravé cent fois la mort pour rejoindre sa compagne, j'avais réussi à lui faire aimer mon impatience et mon trouble sans doute plus que moi-même.

Elle savait que le goût de son sexe dans ma bouche me donnerait indéfiniment le goût des commencements.

Mais l'évidence de ce que nous vivions était empoisonnée par sa jalousie et son angoisse du mensonge. Elle se collait à moi chaque nuit comme au tout début, quand elle croyait me soustraire aux forces du mal. Nous finirions, pensait-elle, par parler tous deux la même langue, et peut-être même d'une seule voix.

J'avais supposé que l'enfant qu'elle réclamait à cor et à cri mettrait entre nous un peu d'air. C'était méconnaître que deux êtres grimaçant dans l'ombre d'une chambre n'étaient que deux solitudes incapables d'engendrer un enfant de l'amour. À même ses bras, elle me reprochait de ne pas suivre la ligne droite, de vivre dans un temps défait, affolé. Tout ce que je possédais, je ne pouvais pas le nier, ma maison, mes hectares, mes jardins, mes serres…, je l'avais acquis au prix d'un travail forcené, sans dimanches ni fêtes, les vêtements et le corps imprégnés d'une odeur de terre qui, même chez la femme qui est censée vous aimer, ne manque pas de jeter un froid. Elle et moi, nous avions par conséquent franchi le pas qui propulse un couple sur la scène d'un théâtre où la représentation prend tout d'un coup un tour aberrant. Nous ne savions pas très bien comment retomber sur nos pieds, sinon grâce à cet heureux événement. Encore ne devait-il pas être, pardonne-moi de te le dire si crûment, une clef rouillée oubliée dans un vieux tiroir. Tu as beau jeu, ensuite, de la faire tourner à vide dans la serrure, la porte restera obstinément fermée.

Ainsi n'avais-tu fait, à ton corps défendant, que creuser la faille. Ta mère et moi, nous n'avions plus cessé de nous éloigner. Elle tournait chaque jour un peu plus en dérision ce qui m'aidait à vivre : l'espoir d'une réussite plus éclatante encore, le maintien des bonnes faveurs de la chance et de la curiosité, une persévérance à toute épreuve. Elle ne comprenait décidément pas, alors qu'une pelouse suffisait à sa fantaisie, que je puisse rester plié en deux du matin au soir à m'occuper des tiges rouge vif d'un cornouiller de Sibérie. Entre nous, ce n'étaient plus que disputes orageuses. Elle passait seule ses journées et ses soirées à affûter ses couteaux, bien décidée à me mettre en pièces à mon retour pour, en fin de compte, se contenter d'un peu de vaisselle cassée. Souvent, les amants malheureux, par quelques verres et assiettes brisés, espèrent suggérer que le monde ne pourra pas survivre à leur amour perdu.

Nous aurions pu continuer longtemps à mourir ainsi à petit feu, en plaquant nos mains sur notre bouche et sur nos yeux.

De ta mère, je n'ai gardé que l'image d'une silhouette désemparée, penchée sur ton lit d'enfant. Elle ne cessait de gémir en une plainte mourante, tout en te dévorant des yeux. Elle souffrait comme on respire – comme une personne qui souffre du simple fait de vivre. Une malheureuse… Plutôt la mort – avais-je souvent pensé –, plutôt tout mon domaine anéanti que de retrouver ses gémissements, et ces crépitements de haine dans ce que nous appelions notre amour, ces murailles infranchissables élevées jour après jour, qui m'effraient encore rien que de les évoquer, tant d'années plus tard. Sa mine d'enterrement, surtout, quand je m'humiliais, fixant un point de la fenêtre où je devinais les cimes des tulipiers, à faire semblant de frissonner au contact de ses lèvres.

Le jour où elle m'avait annoncé qu'elle attendait un enfant, elle m'avait attiré vers elle avec une violence que je ne lui avais jamais connue. Une violence qui avait réveillé l'angoisse qui m'avait jeté, la première fois, dans ses bras, lorsque, à rebours de ce qui survient, dit-on, à l'instant de la mort, j'avais vu se dérouler, en quelques secondes, le film de mon malheur à venir.

J'aurais tant voulu que deux amants t'aient donné le jour. Je ne compte plus les fois où j'ai fouillé le passé en quête de nos moments de bonheur. Je n'arrive à sauver que cette nuit passée à chercher des prénoms, bien que nous ne nous soyons mis d'accord sur aucun d'entre eux.

Après ta naissance, il n'y eut plus aucun moyen de lui parler. C'était comme si elle était déjà dans la tombe. Elle mangeait seule, dormait seule, sans regard, telle une divinité égarée. La dernière fois qu'elle avait accepté de s'adresser à moi, elle m'avait brandi sous les yeux la photo de son père, entièrement nu. Elle se mordait les doigts en dévorant des yeux son géniteur dans le plus simple appareil.

Une nuit, la veille de notre séparation, j'avais rêvé qu'elle s'était endormie dans un grand fauteuil en cuir en te donnant le sein. Et tu étais devenu un chien qui grossissait à vue d'œil, à mesure que tu tétais. Un énorme berger allemand qui plantait ses crocs dans la poitrine de sa mère. Elle s'était réveillée en hurlant et ses cris excitaient ta férocité au point que je n'osais pas m'approcher de vous pour vous séparer. Finalement, j'avais saisi une pelle dont je t'avais assené un grand coup sur la tête pour te faire lâcher prise. Mais tu lui avais arraché un énorme bout de chair, que tu tenais dans ta gueule en t'enfuyant.

Dans la suite du rêve, ta mère saisissait le chien, distinct de toi, par la tête, pendant que tu le prenais par les pattes de derrière, vous efforçant, tous deux, de le soulever pour l'enfermer dans le coffre de la voiture. Mais vous n'y arriviez pas. C'était peine perdue. Comme si le chien était aussi lourd que l'âne et le bœuf réunis.

Ma femme… Ses yeux qui brillaient comme des braises dès qu'elle m'apercevait. Sa lèvre inférieure en avant découvrant ses dents. Et la vie, notre vie, chaque jour plus impossible à vivre.

Un été, je n'avais pas pu résister au désir de vous emmener tous deux visiter le village de mon enfance. Elle portait son ensemble de voyage et paraissait insouciante, rassurée, peut-être, d'être admise au cœur d'une histoire qui lui avait échappé. Elle sortait par moments le bout de sa langue, comme pour laper l'air de mon village, goûter au mets interdit. Nous avions bien choisi notre jour : la fête battait son plein et la foule rugissante couvrait nos paroles, devenues, par la force des choses, de plus en plus rares. J'avais pris ta mère par le bras pour l'emmener sur la piste de danse. En fait, nous étions seuls au milieu du cercle éclairé par de sinistres lampions, et la musique était à peine audible. Nous nous collions l'un contre l'autre, esquissant des pas malhabiles : la danse n'avait jamais été mon fort, car, même en comité restreint, j'avais toujours été paralysé par le regard des autres et la conviction de leur intolérance. J'étais presque heureux à l'idée que pour une fois je lui donnais ce qu'elle désirait. Mais l'accalmie ne devait pas durer. J'étais bientôt repris par le sentiment que notre danse n'était que ce mouvement de panique qui vous rattrape quand les mots et les corps ne s'entendent plus. Il n'y avait plus une minute à perdre : dans le creux de l'oreille, avec la gaucherie du soupirant s'enhardissant à déclarer son amour, je lui avais annoncé que j'allais la quitter et disparaître pour toujours. Ma décision était prise. Elle était irrévocable.

Elle n'avait personne au monde que moi et nulle part où aller. Son visage, dénué de larmes, ne cessait de se creuser. Elle me fixait des yeux comme si j'avais posé sur sa gorge la lame effilée d'un rasoir. Je regardais autour de nous, j'avais très peur qu'on nous entende, qu'elle réponde par des cris à mes chuchotements, que nos pas de danse dégénèrent en scène de ménage. Mais elle n'avait réagi que beaucoup plus tard, alors que le froid de l'oubli avait atteint la plupart des jours vécus ensemble. C'était sous la forme d'une lettre fiévreuse où, pour qui savait lire entre les lignes, s'étaient cachés beaucoup de mots sans rapport avec ceux qu'il m'était donné de lire.

Elle n'avait pas mâché ses mots, ma tendre épouse, après toutes ces années de silence : la douleur, de toute évidence, lui avait ouvert la main. « Jusqu'ici, écrivait-elle, seul l'enfant me retenait le bras. L'enfant : cet invraisemblable paquet d'absence que tu as accueilli comme s'il mangeait ta lumière. Je ne sais pas si cet enfant est mon fils. La vérité, c'est que je n'ai jamais couché avec personne. Pas même avec toi, car je ne l'ai jamais désiré. Je n'ai *voulu* cet enfant que parce que *tu ne le voulais pas.* Tout est rentré dans l'ordre aujourd'hui. Je suis libre de voir tes jours s'abîmer dans la sueur et la boue. Libre de demeurer sur tes talons comme un molosse, et, le jour venu, de t'arracher la vie. »

J'avais replié la lettre et l'avais rangée nonchalamment dans ma poche comme un papier sans importance. Tu avais remarqué mon visage de pierre. J'étais effrayé qu'un enfant puisse naître d'un tel compromis avec la haine. Mais l'histoire t'appartenait maintenant plus qu'à nous-mêmes. L'amour ne laissait jamais de deuxième chance. Il ne laissait probablement pas non plus la possibilité de s'enfuir. Ta mère était convaincue que nous nous retrouverions dans les griffes de la mort. Nous n'avions plus qu'à faire preuve d'un peu de patience.

Hantise qu'elle écrive d'autres lettres chargées de haine. J'aurais vécu des années dans l'obsession, moins de la lettre elle-même, de l'enfantillage des mots, que de la lumière qu'ils auraient voulu jeter sur ce qu'il m'était impossible de regarder en face : le couple que nous formions quand nous t'avons donné le jour. Fallait-il préférer le plein jour des ébats nocturnes sous les bombes, et leurs risques de mort, qu'avaient connu mes parents, à l'absence d'expression d'amour dans les yeux de deux êtres en train de procréer l'esprit ailleurs, ce qui avait été l'infortune de ton père et de ta mère ? Je vais te dire : le jour où je me suis perdu dans les bras de ta mère pour te donner la vie, c'était comme si j'avais une balle dans le cœur.

Ta naissance ? Un événement minuscule que nous avions enfoui dans le présent en le décalant nettement par rapport au centre. « Tout ce qui brille n'est pas de l'or », avait commenté Lune, mon assistant, mon complice, à qui j'avais une fois de plus raconté ton histoire, un soir comme un autre, c'est-à-dire un soir d'abattement. « Mauvaise pioche, avait-il murmuré entre ses dents ; mais le hasard du jeu peut faire d'une mauvaise pioche une grâce tombée du ciel... » Sans doute Lune avait-il affiché un optimisme de circonstance, destiné à me rassurer ; j'étais pourtant enclin à le croire ; et pour mettre plus de chances encore de mon côté, j'avais été cueillir des brassées de fleurs, afin de décorer les autels des églises du voisinage. Je m'étais agenouillé devant chacun d'eux par le plus grand des désespoirs, comme on essaie vainement de se frayer un passage en tentant d'aplatir avec son pied les énormes chardons drus qui ont envahi le chemin.

Mais le jeu, pour en revenir à la mauvaise pioche constatée par Lune, n'avait pas tourné à notre avantage... Dans tes efforts pour échapper au froid du petit matin, tu t'étais enveloppé dans ton blouson trop grand, qui ne laissait même plus voir tes mains. Tes cheveux bouclés, ébouriffés, te tombaient sur les yeux, sans rien cacher de ton regard de chien battu qui me laminait le cœur. Chaque fois qu'une voiture nous croisait, je guettais un signe sur ton visage, dans la lumière des phares. Mais je ne distinguais qu'une sorte d'expression de patience offensée, très précisément celle que tu avais eue, tout petit enfant, quand ta mère t'avait réveillé en pleine nuit, d'abord pour que tu me voies la quitter, que tu sois le témoin de la scène ; ensuite, après s'être ravisée en quelques secondes, pour que tu sois toi aussi du voyage, jeté abruptement, en petite tenue, dans le froid de la nuit, ton sort se trouvant désormais définitivement lié au mien.

Mon fils… Je n'ai pas le sentiment d'abuser des mots en t'appelant ainsi. Je n'ai pas le sentiment d'abuser des gestes en posant une main sur ton genou. Tu te rétractes, la repousses avec violence. Affalé sur ton siège, le visage contre la vitre, plus pâle que jamais. Toute la nuit nous roulons avec l'impression de rester immobiles.

J'aurais voulu te prendre dans mes bras comme lorsque tu étais un petit enfant. Avoir, à tes yeux, les bras d'un père. L'horreur qu'on a de son corps quand l'autre ne vous aime pas. J'avais arrêté la voiture dans une aire de repos, les phares suspendus dans le vide. Je m'étais approché de toi et, d'un doigt, t'avais effleuré le front, les yeux, la bouche. J'avais voulu séparer tes lèvres, mon doigt replié entre tes dents, mais tu ne les avais desserrées que pour me mordre de toutes tes forces, jusqu'à ce que le sang jaillisse.

Ton corps chaud contre le mien, rien qu'un instant. Me prouver que je ne rêve pas, que tu es bien à mes côtés dans cette voiture et que je ne suis pas en train de fuir après t'avoir abandonné. Je ne veux pas que ce corps qui s'agite par instants sur son siège exprime les douleurs de l'abandon du fils par son père.

Sur cette route, je suis le père : un corps musculeux et net, une figure taillée dans le marbre, sans réseaux de veines et de rides. La perfection. La beauté. Brutus diligentant l'exécution de ses fils.

Une statue, oui, si on oublie le Commandeur. Un acteur, si l'on préfère, dépossédé de toute action ; un orateur qui n'aurait plus voix au chapitre ; un joueur, aussi bien, privé de toute carte à jouer. Même pas celle du cœur charitable tendant la main pour offrir un peu de nourriture. « Tu as faim ? » Pas de réponse. « Tu n'as rien bu, rien mangé de la journée, tu ne veux vraiment pas quelque chose ? » Toujours pas de réponse. Ma main, il n'y a rien à faire, n'est pas une main de père. Elle reste brandie comme une menace. Le familier est devenu méconnaissable. Si près de moi, mon fils disparaît hors de ma portée.

« Les enfants ne poussent pas comme des fleurs dans le jardin d'Amour », disais-tu, admirant, dans l'enclos que j'avais nommé ainsi, la floraison des camélias, des magnolias et des rhododendrons. « Tu n'as pas pu me donner la vie, t'étais-tu écrié un autre jour. Je n'arrive pas à l'imaginer. » Et je me revoyais dévalant l'escalier, inquiet et déchiré, un enfant dans les bras pour tout bagage, quand ta mère nous avait chassés. Un enfant dans les bras et rien que de l'infortune à donner.

Quand j'avais l'âge que tu avais à cette époque-là, je ne pouvais pas m'endormir tant que mon grand-père ne m'avait pas dit bonsoir. Je ne pourrais pas mourir à présent sans avoir la certitude de ton approbation. Je ne pourrais pas entrer dans l'immobilité comme j'ai accédé à l'adolescence, assailli par des chiens. La vérité est ma seule chance. Le seul moyen, également, que j'ai de t'aider. Elle est notre rendez-vous. Mon espoir de vivre enfin avec toi la rencontre si longtemps différée que je ne la croyais plus possible.

Seul ton regard, maintenant, peut m'atteindre, délimiter l'espace où je voudrais te parler et te retrouver. Que cet espoir ne soit pas vain. Que je ne sois plus le seul maître du terrain. Je ne demande que l'écroulement de la hiérarchie. Nous sommes tous deux sur la même branche et je te donne en pâture ce qu'a été ma vie. L'étouffement a été notre terre commune, notre horizon. Déchirons ensemble le bâillon, vomissons cette soupe qui nous a fait grandir dans la terreur et la hargne au milieu des odeurs de pourriture.

En t'abandonnant à moi dans un tremblement de haine qui aurait voulu nous détruire tous les deux, ta mère n'a fait que soustraire ta vie à ma chair, me laissant infirme, la proie des faux mouvements et des paroles injustes. Sous tes yeux recourbés comme des serres, je te l'avoue, je devenais tout petit, un enfant écrasé sous le poids des manquements de l'homme qu'il était.

Mon petit cœur… Mon enfant… L'amour d'un père pour son fils est souvent comme un jeu sans cartes. Un échauffement, une souffrance, puis un bouillonnement qui attend son heure et jaillira, le moment venu, avec tout ce qu'il a accumulé de pressant. Ce n'est pas forcément un coup de foudre qui vous agenouille au pied de l'inattendu.

En tout cas, tu ne me lâchais pas d'une semelle comme si, d'un instant à l'autre, j'étais appelé à disparaître. Ce que je ne me privais pas de faire, d'ailleurs, profitant de tes moments d'inattention pour m'égarer parmi les lavandes, les sauges, la marjolaine, l'ambrette et la citronnelle. Mais tu ne tardais pas à me retrouver et c'en était fini de l'aventure, je devais à nouveau faire bonne figure, celle de la complicité affectueuse, et m'escrimer à ne pas perdre la face, celle du père élevant seul son enfant. C'était là que le bât blessait : autant j'étais habile à aménager un jardin de senteurs, autant je restais dans l'ignorance à peu près complète des règles du jeu de la paternité. Je devais en particulier t'aider de la parole, alors qu'en général je ne trouvais rien d'autre à dire que des banalités forcées ; les quelques mots justes, que tu attendais, désespérément suspendu à mes lèvres, me restant entravés dans la gorge. C'était toujours comme si j'étais sous le coup d'un choc produit par le constat d'une détresse.

Ce choc, un soir, tu avais voulu me l'offrir. À l'âge où les enfants ont coutume de se faire plus de peur que de mal, tu avais ramassé une braise dans la cheminée, et, en me regardant droit dans les yeux, tu l'avais portée à ta bouche. Tu n'avais pas voulu voir son incandescence, et tu t'étais brûlé violemment les lèvres. Tu t'étais enfui en hurlant, sautant de douleur comme une bête blessée. Dans tes appels, curieusement sans destinataire, j'avais cru entendre mon nom – notre nom –, comme si tu avais décidé de refaire toi-même, ce soir-là, ta déclaration de naissance.

Mais je n'avais pas su te dire que j'avais entendu ton appel. Je m'étais contenté, maintenu éveillé toute la nuit par l'angoisse, de venir de temps en temps jeter des coups d'œil sur ta bouche blessée. À un moment, j'avais même essayé de mettre mon cigare entre tes lèvres pour vérifier si tu avais vraiment mal : il m'avait aussitôt glissé des doigts en faisant jaillir une gerbe d'étincelles en touchant le sol. Cette brûlure, je l'avais interprétée comme un signe de mauvais augure. J'aimais ta bouche. Je l'avais longuement regardée en me faisant la résolution de ne jamais t'apprendre à mentir.

Je n'étais pas capable pour autant de saigner indéfiniment de ta blessure. Dans le souci d'échapper à la résignation, je m'étais inventé l'obsession de découvrir, dans le règne de la nature, le secret de la couleur noire. Au moins m'étais-je donné un prétexte pour courir le monde, livres en main, en quête de ce que je considérais comme les signes de ce que nous ne voyions pas. J'étais revenu avec des raretés qui avaient fait prendre un tournant décisif à mes collections. La palme était revenue sans hésitation à l'hellébore à fleur noire, presque inconnu dans nos contrées à l'époque, et dont j'allais faire l'une de mes spécialités avec l'orientale perle noire, pour ne pas parler des tulipes (j'avais toujours eu un faible pour les tulipes), réservées à mes familiers. Le noir, décidément, était une couleur. Ni mélancoliques ni endeuillées, mes merveilles rehaussaient avec éclat la robe de leurs voisines plus convenues.

Tout à mes recherches, j'avais perdu l'habitude de me promener avec toi, main dans la main, dans les allées de mes jardins parsemés des essences les plus rares. J'avais même cessé de me préoccuper de ton emploi du temps. Quand par hasard tu rentrais, tu trouvais généralement la maison déserte, et au lieu de vaquer à tes occupations scolaires, tu passais ton temps à la fenêtre, guettant – c'était ton mot – une *apparition*. Ta vie, je le comprenais, n'était qu'attente. Ce qui ne t'empêchait pas de prétendre avoir toujours su qu'aucun événement n'aurait jamais lieu. L'attente, selon toi, était la vérité sans fard, à condition qu'elle soit sans objet. Les jeux étaient faits une fois pour toutes : il n'y aurait jamais de brèche dans la prison des choses.

Je m'obstinais à t'appeler *mon chéri*, comme si l'expression, à force d'être répétée, avait la faculté de retrouver un sens, une force nouvelle. Mais il n'y avait rien à faire : tu te voyais comme un chien abandonné par un maître sans cœur. Un maître pervers, qui plus est, déposant à tes pieds, en catimini, à la tombée du jour, un bol de soupe chaude, pour ne pas avoir ton dépérissement, et éventuellement ta mort, sur la conscience.

Un père pourrait-il, comme au dénouement d'un vaudeville, reconnaître son fils, depuis longtemps disparu, par exemple dans une bande de miséreux ? Le reconnaître et l'adopter, comme ces étrangers dont le malheur nous a bouleversés ? Si le sang se refusait à parler, pourquoi ne pas partir d'un faux-semblant, en espérant que la comédie allait, par un coup de théâtre, franchir le seuil de la vie.

À vrai dire, je ne comprenais pas notre éloignement. J'avais toujours été, autant que je le pouvais, à ton écoute, et désireux de te comprendre, malgré, probablement, peu de conviction et de réelle générosité de cœur. Mais peut-être un fils était-il comme un ami perdu, dans une ville depuis longtemps quittée. On a beau y revenir à l'occasion, poussé par un sursaut de fidélité, sa trace reste introuvable. Le seul désir de la découvrir vous coupe l'herbe sous le pied. Autant demander à un soldat isolé de pénétrer dans une ville forte.

Main tendue en pure perte… Porter à son père le plus déterminé des mépris… Moi qui avais rêvé, au pire, de la complicité de l'arrachement… Au lieu de quoi nous avions ouvert entre nous une distance qui, à la différence de la tombe par-dessus laquelle mon grand-père et moi nous pouvions nous donner la main, nous interdisait de tenter quelque rapprochement que ce soit. Pas d'autre approche familière que la peur. Père et fils : deux figures sans appui, mêlant le vrai et le faux et finissant par prendre l'un pour l'autre.

J'aurais tant voulu, les belles nuits d'été, scruter avec toi le ciel, partager un kaki, décider de l'espacement des arbres dans une nouvelle allée de tilleuls. Comment aurais-je pu vivre avec toi une passion commune ? Je n'avais sur toi que le point de vue de l'étranger. Et il ne me restait plus qu'à te fixer des yeux jusqu'à ce que tu en sentes la brûlure.

Ces lignes maladroites tentent de provoquer ce sursaut. Si seulement tu pouvais ne pas te méprendre sur la brûlure… Ce n'est pas à toi que je cherche à faire du mal. Simplement, je n'y vois plus que du feu. Je perds peu à peu l'assurance qui vous soutient quand vous essayez de parler. Seuls les sujets d'évitement ne me mettent pas mal à l'aise. Ainsi la maison, où je te voyais très peu, était devenue un repère de taciturnes. C'était à celui qui en dirait le moins, qui entrerait, avec le moins de mots, au plus profond de la blessure. Nous étions immobilisés comme dans un rêve, prenant un soin extrême, d'un comique pour le moins involontaire, à étouffer dans l'œuf tout ce qui aurait pu passer pour une démonstration d'affection. Nous mettions un point d'honneur à rester sur une partie nulle. Sans aucune complaisance, je l'assure, nous cultivions le manque, la frustration, ayant placé toute chance d'amour sous le boisseau. De père à fils, nous étions comme d'homme à homme, quand font défaut les aventures capables de surgir du croisement de deux langues, des haltes d'une langue dans l'autre, au gré des rencontres. De toi à moi, ce que le silence avait produit, la menace qu'il avait fait courir, ce n'était plus seulement du silence, mais son ombre portée, grandissante.

Les premières années, cela n'allait pas sans scènes brutales. Quand tu me posais les questions sans fin, qu'à un moment donné posent tous les enfants, je marmonnais des bribes de réponses, à folle allure, comme si j'avais une pomme de terre brûlante dans la bouche. Je ne comprenais pas que tu n'aies pas vu immédiatement le mal dont je souffrais, cette maladie du silence. N'en pouvant plus, j'avais envie de brûler les étapes et de t'annoncer ma mort, afin que tu me laisses définitivement en paix. Mais j'avais été pris d'une panique qui s'était vite transformée en fureur contre toi.

Un jour que nous nous trouvions derrière la maison sur la grande pelouse au bord de laquelle deux magnifiques pins parasols, récemment plantés, projetaient leur ombre, irrité par mon laconisme, tu avais ramassé une poignée de terre que tu avais fait mine d'écraser dans ta bouche. J'avais essayé de t'en empêcher, et tu l'avais, de toutes tes forces, jetée sur moi. Je m'étais mis à courir à ta poursuite, la main levée, mais j'avais de la terre plein les yeux, et ne voyais plus rien devant moi. Quand j'avais pu enfin te rattraper, tu m'avais glissé des mains sans t'arrêter de hurler et de me donner des coups de pied. J'avais repris ma course-poursuite, trempé de sueur, t'avais rattrapé encore, perdant cette fois l'équilibre en m'écrasant sur toi. Ce n'était pas beau à voir cet homme qui se battait avec un enfant.

L'amour, pourtant, j'en aurais mis ma main au feu, frôlait nos vies dépaysées pour lesquelles je n'avais pas su créer de jardin intime. Je ne savais pas comment te parler, ou même seulement te regarder. J'étais comme un journalier surpris par une présence inattendue, et qui se met à fouetter son cheval pour se donner une contenance. En fait, j'aurais donné mes sept cents variétés d'iris, mes collections d'hibiscus et d'orchidées… pour que tu continues de grandir auprès de moi. Ton visage, certaines fois, se cachait dans mon éternelle veste noire.

Je le prenais des deux mains, l'éloignais un peu pour le voir, le toucher. Un jour, ma bouche avait effleuré la tienne. Tu m'avais répondu par un sourire. Je ne connaissais pas mon bonheur : j'avais l'impression que le monde rapetissait jusqu'à n'être plus qu'une petite boule, pas plus grosse qu'un nouveau-né. Alors, j'avais serré mes doigts autour de ton poignet avec tant de force que les larmes t'étaient venues aux yeux, même si tu t'étais bien gardé d'éclater en sanglots.

Comme il vous ressemble ! me disait-on souvent de toi. Votre portrait tout craché. Les mêmes expressions du visage, les mêmes intonations de la voix. Celui-là, au moins, vous ne pouvez pas le renier…

Un fils, c'est le sang de votre sang, avais-je également entendu dire. Et à mes yeux, loin de me rassurer, cela contribuait à accroître la part d'obscurité qui te dérobait à moi. Qu'un sang identique coule dans nos veines me faisait moins d'effet que la découverte d'une charogne de pie dans un fossé. De la même façon, je n'aurais pas pu me prévaloir d'un « instinct » paternel particulièrement développé. J'avais été le spectateur serein de ta collection complète de maladies infantiles, ne t'emmenant consulter que lorsque les choses tournaient vraiment mal, et n'allant que de très mauvaise grâce acheter les médicaments.

Tout cela me rappelait trop ta mère et les vagissements du nouveau-né. Par représailles, tu restais enfermé dans ta chambre sans donner aucun signe de vie. Je ne faisais pas semblant de ne rien voir, crois-moi, ni ne feignais l'indifférence. J'aurais voulu que la vie soit le seul lien qui existe entre nous, même si l'avenir qui se lit dans le regard d'un enfant qui grandit et qui joue n'encourage pas toujours à aller de l'avant.

En recensant les grands et les petits événements de notre vie commune, je m'étais rappelé l'histoire du chien. Nous avions, un jour d'été, découvert un jeune chien sur le pas de notre porte. Quelqu'un l'avait probablement abandonné là. Il était clair, à en juger par ses démonstrations d'affection, qu'il nous avait attendus pour ne plus jamais nous quitter. Tu l'avais aussitôt adopté. C'était ton chien, ton nouveau compagnon. Vous alliez devenir deux inséparables. Je m'étais fait un moment à cette idée. Mais la pensée du trouble que l'animal amenait dans notre vie avait tourné à l'obsession. Je voulais m'en séparer au plus vite. Je n'allais pas, évidemment, l'égorger de mes mains. Mais au petit matin, alors que tu dormais à poings fermés, j'avais fait grimper le chien dans la voiture pour l'emmener à une vingtaine de kilomètres de là, à l'orée d'un bois sans lumière. Après m'être assuré que personne ne me voyait, j'avais jeté le chien dehors et redémarré à toute vitesse, l'abandonnant à son destin. Le matin même, à mon retour, tu t'étais inquiété de son absence. Je n'avais pas été à court d'hypothèses et d'explications. Il avait dû se perdre ou se faire renverser par une voiture. Peut-être vivait-il une histoire d'amour. De toute façon, c'était promis, j'allais tout mettre en œuvre pour le retrouver.

L'année du chien, tu avais dû partir en classe de neige. L'angoisse avait semblé te faire perdre le peu de confiance que tu avais dans tes pauvres repères. Le jour du départ, je n'avais pas jugé utile de t'accompagner. L'idée de tous ces parents pendus au car avec des sourires figés m'en avait dissuadé. Tu avais donc été, selon ce que tu m'avais rapporté, le seul enfant écrasé, sur le chemin de l'école, sous le poids de sa valise. Le seul, également, à n'avoir reçu aucune lettre pendant la durée de son séjour. Pourquoi t'aurais-je abreuvé de phrases creuses ? L'amour que j'étais sûr de te porter ne pouvait pas en dépendre – en tout cas, je ne le voulais pas. Trois semaines plus tard, le car était revenu. Je t'avais vu arriver à la maison ébouriffé, courbé sous le poids de ta valise. Tu étais resté longtemps sans rien dire, sans même faire le geste de t'approcher de moi. J'avais introduit un gros cigare dans ma bouche fatiguée.

Et pourtant, si tu avais eu le moyen de m'arracher la vérité, tu aurais découvert que j'avais toujours fait ce que j'avais pu. Médusé, j'avais dû t'apprendre à parler. Ignorant, j'avais eu la charge de t'initier à ce qui ne m'avait jamais été transmis. Ce que la vie m'avait appris, en revanche, j'avais jugé qu'il était de mon devoir de te le taire. Ainsi la mort ne m'avait inspiré que du silence, alors qu'elle n'avait cessé de me tenir les yeux grands ouverts, jusqu'à, j'en conviens, m'avoir empêché de jouer pleinement mon rôle de père : on ne retire pas la mort de l'horizon de sa vie comme on arrache les mauvaises herbes dans un jardin. Et je n'avais pas su prendre à mon compte la leçon de mon grand-père, qui s'était fait un devoir d'ensevelir tout ce qui mourait – comme un forcené tire sur tout ce qui bouge – pour que nul n'ait à douter de la beauté de la vie.

T'inspirer de la crainte, comme on me répétait que c'était le rôle du père, asseoir mon autorité sur la crainte, moi qui avais peur de mon ombre, c'était faire d'un poltron un fourbe, doublé d'un Polichinelle.

Je n'avais même pas eu l'excuse d'avoir vécu caché pour ne pas tomber dans la gueule du loup. Personne n'était jamais venu me tirer du lit au petit matin. Personne ne m'avait roué de coups les mains attachées dans le dos.

Seul avec toi maintenant, nous éloignant d'une vie sans histoire, qui aurait pu être notre vie. J'en revois les scènes qui éclatent comme des baudruches au contact de ma plume. J'ai l'air de m'acharner contre elles, alors que je les emprunte pour descendre en moi, et en faire une corde, puis un nœud coulant qui, si je continue à parler, se resserrera autour de mon cou. Je ne tiendrai pas ma langue. « Mets une muselière à ce chien enragé », t'avait demandé ta mère un jour que la météo conjugale était à l'orage. Son vœu avait été pour ainsi dire exaucé. Mais pendant toutes ces années, j'avais appris à parler les dents serrées.

Ce souvenir encore, pour serrer un peu plus le nœud de la corde. Souvent le soir, dans mes efforts pour oublier la terre gluante sur mes mains et mes bras, je les aspergeais d'alcool, avant de finir la bouteille, les yeux fermés, jusqu'à la dernière goutte. Tu t'en étais plaint avec brusquerie, voyant dans mes beuveries une fin de non-recevoir opposée à toutes tes tentatives de dialogue. Comment aurais-tu pu t'adresser à une loque abrutie par l'alcool ? J'avais vu dans tes réprimandes moralisatrices une preuve de ton absence d'amour, et comme un amant éconduit mauvais joueur, je m'étais jeté sur toi et t'avais frappé avec une rare violence. Tu n'étais plus qu'une figure humaine pliée en deux, se tenant le nez et la mâchoire, du sang plein la tête et la chemise. Tu avais toutes les peines du monde à rester debout. Ta lèvre supérieure était tuméfiée et enflée, au point d'être aussi épaisse qu'un pouce. Tu t'étais précipité dans la salle de bains, dans un sillage de sang. Tu étais monté comme tu l'avais pu dans la baignoire et, à genoux, tu t'étais passé la tête sous le robinet. Tu t'étais enfin essuyé le visage avec le bras, d'un geste impuissant.

Je n'avais pas montré le moindre trouble, me contentant d'enlever de tes cheveux le sang qui n'arrêtait pas de couler. Tu pleurais comme un enfant, essayant de me dire, étranglé de sanglots, que j'étais ton père et que tu étais mon fils.

Certaines nuits, tu te réveillais subitement – un mauvais rêve sans doute – et aucune parole apaisante, comme le fameux jour dont je viens de parler, ne pouvait calmer tes sanglots. Entre veille et sommeil, tu ne savais plus où tu étais, et tes propres cris, qui résonnaient dans toute la maison, finissaient par devenir la cause de ton effroi. Je me glissais alors sous les draps à tes côtés, tu te blottissais dans mes bras, et nous riions de ta peur, nos corps chauds l'un contre l'autre.

Une part d'inconnu, quelque chose d'enfoui en moi, résonnait en toi. Quelque chose qui avait sans doute traversé la zone interdite, l'épreuve des confins, ces quelques pas, rarement franchis, qui nous séparent les uns des autres. Un passager clandestin vient parfois se loger dans le corps du fils. Quand il le repère, il peut être tenté de le sacrifier pour poursuivre son chemin.

Conduire à toute allure sur l'autoroute désertée, prendre de l'avance sur la vie qui n'en finissait pas de se raconter, toujours un peu ailleurs, à l'écart du rond de lumière où j'avais cru sombrer. Mon récit était comme un défi contre les jours enfouis qui auraient voulu me rattraper. Toutes ces paroles risquées hurlaient comme la sirène d'un motard lancé à ma poursuite. Une scène retrouvée – et je prenais de l'avance. Si j'étais arrivé au bout du récit, ma vie aurait été balayée, et la poursuite abandonnée. C'était à moi de mettre les bouchées doubles et d'entrer en trombe dans la zone frontalière où le passé ne comptait plus.

Mon intention était de t'avancer sur la bonne route, puis de te laisser prendre le relais. Ne pas aller plus loin que les regards croisés qui cherchaient à éviter le pire. Le flot de la circulation s'était raréfié mais, de temps à autre, une voiture nous dépassait à toute vitesse, violant de ses lumières notre obscurité et notre silence. Nous savions où nous allions, mais notre destination avait bien de quoi nous perdre. Ses yeux à peine ouverts, mon fils, sur son siège, ressemblait à une poupée désarticulée oubliée par un enfant. Après quelques kilomètres, j'avais avisé une aire de repos. Un chemin de sable s'enfonçait dans un épais bois de pins, qui débouchait dans une clairière tapissée d'herbes hautes. J'avais laissé le moteur et les phares allumés, ouvert la portière et étais parvenu à m'extirper sans un mot. Je m'étais assis tranquillement sur le sol humide, me demandant une fois encore si je n'aurais pas dû mettre un terme à l'horreur que nous étions en train de vivre.

J'étais remonté dans la voiture, avais allumé deux cigares, t'en avais tendu un, que tu avais refusé. Tu avais frissonné légèrement et t'étais recroquevillé sur ton siège. J'avais mis la voiture en marche, appuyant à fond sur l'accélérateur. Le ciel était si bas qu'il touchait les cimes des arbres.

L'orage qui s'était approché avait donné au ciel zébré d'éclairs dans le lointain une couleur d'un bleu d'encre. Quelques gouttes de pluie s'étaient écrasées contre le pare-brise. La pluie avait ensuite frappé la carrosserie sans relâche. L'averse avait redoublé, et le tonnerre éclatait maintenant juste au-dessus de nos têtes. Je me serais cru à l'enterrement de mon grand-père : les éclairs trouaient sans cesse les nappes de nuages et l'eau semblait se déverser en cataractes par les déchirures. Je conduisais les yeux fixés sur la route, sans rien voir. Ton regard était toujours immobile, perdu dans le vide. Les essuie-glaces se pliaient et se relevaient en criaillant.

À tout prendre, j'aurais préféré écrire un récit qui aurait gardé le silence sur ce qui était arrivé ; qui n'aurait pas plié à se rompre sous le poids des événements. Rassembler des mots – pourquoi pas ? – tournés vers l'avenir, et qui auraient fini par ouvrir le lieu même des événements.

C'était à mon tour de les ressasser dans le désordre.

Je ne t'aurais jamais vu, moi qui, du premier coup d'œil, repérais ce qui n'allait pas dans un jardin.

Je n'aurais jamais écouté ce que tu t'efforçais désespérément de me dire, n'ayant pas une seule fois prêté l'oreille à tes propos.

Nous n'avions rien à partager, pas même la haine froide qui pouvait animer un père, aussi bien que son fils, à leurs rares moments de lucidité.

Je craignais toujours d'être le jouet des mots, et préférais remettre nos rencontres à plus tard.

Nous nous retrouverions sans doute là où nous mènerait le jeu des circonstances, autour de quelques confidences insensées.

Le théâtre apparaissait comme mon élément naturel : j'aurais sans exception choisi mes mots et mes intonations en fonction de leurs effets.

Et non content de m'écouter parler, chaque fois que se présentait un miroir, une vitre, quoi que ce soit susceptible de refléter mon visage, je me délectais du spectacle de mes jeux de physionomie.

J'aimais lire aussi certains textes à haute voix, avec des gestes de la main pour en souligner les mots importants, et faire ainsi impression.

« Qu'importe ce que tu écris, car c'est moi qui parle », m'avais-tu dit, un soir, mal rasé, tassé sur toi-même. Tu t'efforçais de parler d'une voix neutre, mais ne pouvais réprimer tes sanglots presque à chaque phrase. « J'ai l'air sans défense parce que je suis le fils. Mais le fils d'un salaud apprend à se battre quand il prend la peine d'écouter son père. » Et salaud, je l'étais par rapport au sens moral de mon grand-père et de mon père, que je me serais bien gardé de te transmettre, toute ma vie ayant consisté à le trahir et à le bafouer, sous prétexte que tous deux avaient consenti *sans résistance* (contresens grossier sur la réalité de leur action) à se terrer dans des coins où l'on n'a aucune chance de gagner la partie. « Rien à voir avec ces vantards, disais-tu, qui risquent des coups avec des arbres et s'arrangent pour avoir le dernier mot, devraient-ils faire un mensonge éhonté, se parjurer ou même, s'il le faut, manger leur chapeau… »

Au fond, je ne t'aurais jamais transmis que l'impatience de l'attente, allant jusqu'à t'apprendre à me piétiner si j'avais fait partie d'une foule. Alors que de mon côté, j'aurais tranquillement passé ma vie à attendre de voir comment allaient tourner les choses, en me donnant toujours d'excellentes raisons de ne pas les regarder en face. C'était, à m'en croire, une méthode que j'avais mise au point pour marcher droit (ou, du moins, en créer l'illusion), ne m'étonner de rien et ne m'effacer devant personne. Ainsi, j'allais mon bonhomme de chemin, la tête haute, libre comme l'air, un sparadrap sur la bouche. Si d'aventure j'avais le cœur battant, ce n'était que parce que j'avais été ému par mes hauts faits et mes méfaits. Mais le plus souvent j'impressionnais par ma froideur. Habile à forcer les mains, c'était pour moi un jeu d'enfant de feindre que je tenais le bon bout, en toutes circonstances, en donnant l'assurance que je ne le lâcherais plus... Rien ne me résistait et mes clients rivalisaient d'attentions à mon égard, impatients que je leur rende visite, car je leur donnais l'image d'un homme heureux comme un roi, tranquille comme s'il avait l'éternité à vivre.

Mais pour nuancer le portrait, tu avais tenu à me rappeler que tu m'observais depuis si longtemps que tu avais appris à connaître mes chemins de traverse. Je feignais toujours d'arriver par la voie royale, alors que ma prudence, proche de la couardise, me poussait à n'emprunter que les sentiers de campagne. « J'aurais préféré être le fils d'un chien, m'avais-tu assené en conclusion. Au moins ses aboiements m'auraient dit quelque chose... »

Jouer avec toi quand il en était encore temps ? J'avais cette sale habitude de détester perdre. Peut-être parce que j'avais trop perdu au commencement, et qu'il y avait un seuil au-delà duquel toute perte était impossible, quelle que soit l'issue de la partie. Et puis les circonstances de la vie m'avaient appris qu'il fallait jouer serré, même quand les parties étaient arrangées à l'avance. Ça n'allait d'ailleurs pas toujours de soi. Je n'avais pas forcément une bonne surprise dans mon sac à malices.

Je n'avais pas eu le temps de retomber en moi-même, car, moins par désir d'y voir clair et de mettre de l'ordre que par acharnement à instruire mon procès, tu t'étais complu, la dernière fois que tu avais accepté de me parler, « sans le faire exprès » – c'étaient tes mots –, à jeter un regard en arrière pour aller encore plus loin dans l'inventaire de mes turpitudes. Par quoi commencer ? J'avoue que je ne sais plus. Je t'aurais toujours mis à nu (tes jugements ne souffraient jamais d'exceptions) avec une perspicacité méprisante. Nous n'aurions jamais eu en commun qu'un panier de linge sale. Je t'aurais contraint à subir tout et rien, sans la moindre hiérarchie, et t'aurais placé, en m'abstenant d'en mesurer les conséquences, dans des situations impossibles, me gardant bien, après coup, de te venir en aide. Je ne t'aurais jamais appris les mots capables de faire le poids dans les situations les plus inextricables de la vie. Je t'aurais considéré comme le premier venu, c'est-à-dire le dernier des hommes, un trouble-fête, un intrus, dont je n'aurais jamais manqué une occasion de railler les dents de cheval. Je t'aurais déshérité, dépossédé de tout, dans la panique d'être, avant l'heure, saigné à blanc. Dans la foulée, je t'aurais même dépossédé de toi-même, me montrant père jusqu'au bout des ongles et aux limites de mon pouvoir. Au fond, à t'entendre, faire de toi un tas de cendres dans un mouchoir m'aurait donné au moins une minute de bonheur.

Tu aurais eu besoin d'un père qui t'aide à comprendre la couleur du ciel ou à nommer le bruit d'une pierre dévalant une pente. Au lieu de quoi, je n'aurais même pas été capable de désigner par leur nom la plupart de mes arbres et de mes plantes. En toutes circonstances, d'ailleurs, je t'avais laissé lâcher pied. À l'âge où tu essayais de dire ton angoisse de ma tendresse incertaine, je te berçais de bonnes paroles auxquelles je ne croyais pas moi-même. De plus, certain que tu te serais essoufflé presque aussitôt à me suivre, je t'aurais ouvert de façon implacable mon horizon favori : la ligne droite de la mort (ma lecture du journal ne consistait-elle pas à me jeter sur l'annonce des décès du « Carnet du jour », au détriment de tout le reste, comme si le sort des morts me préoccupait autrement plus que celui des vivants ?).

Ta vie, c'était écrit, devait tourner à la catastrophe. Je t'y préparais en me mettant en quatre pour alimenter ta détresse, tout en te donnant ma réussite en exemple d'un modèle pour toi hors d'atteinte. Il suffisait de voir tes pauvres faits et gestes… La honte qui m'avait saisi le jour où tu avais rapporté de l'école un minable dessin censé représenter ta mère. Un cercle rouge, voilà tout ce que tu avais été capable de faire. Le vent, je me souviens, l'avait fait valser, mais ce n'était pas assez encore : j'avais piétiné rageusement ton chef-d'œuvre avec mes chaussures pleines de boue.

Au moins, tant de haine accumulée te rendait une raison de vivre. Tu irais jusqu'au bout de ta réponse à ma violence, t'étant apparemment embusqué pour saisir les petits secrets de mon âme. La violence, cependant, n'était pas le chemin. Je m'y étais retrouvé, égaré, après avoir perdu la vraie voie, celle de mon sentiment d'amour. Ne crois pas que j'aie voulu t'inculquer, par dépit, le désespoir d'aimer. Ou que je ne t'aie aimé que comme le font les bêtes, qui éloignent leur progéniture dès que possible. Un père n'a pas toujours une auréole de grandeur et de bonté de cœur. Son visage ne respire pas forcément le courage. C'est un homme comme un autre, souvent sur la corde raide, contraint de reprendre sa parole et d'oublier ses promesses ; incapable, à l'occasion, de tenir sa langue quand on lui confie un secret.

Tu n'aurais peut-être pas voulu que je continue à écraser tes bananes au petit déjeuner.

Que j'enlève tes points noirs sur ton visage et te vaporise, chaque matin, un déodorant sous les aisselles.

Que je mange les petites envies qui se détachaient autour de tes ongles.

Que je te rappelle l'existence du rasoir et de la savonnette.

Que je vide tes cendriers regorgeant de mégots et ramasse tes bouteilles vides de Coca-Cola.

Que je te passe une main apaisante sur le front quand tu étais en train de te masturber.

Que je te remercie quotidiennement d'être mon fils, tel un vieux chien reconnaissant.

Pas une fois, quand je partais au bout du monde à la recherche de variétés anciennes de roses qu'on m'avait signalées, tu n'avais souhaité m'accompagner ou me réserver un accueil chaleureux à mon retour. Ni affection ni curiosité. Un air sombre qu'aucune de mes initiatives n'avait réussi à dissiper. C'était à moi, pour sortir du silence pesant dans lequel nous étions plongés, de te poser des questions. Mais chacune de mes questions, à en juger par ta réaction immédiate, paraissait violer ton intimité ou le mystère qui protégeait ta vie. C'était donc si difficile, pour un père et un fils, d'échanger quelques mots, sans se soucier de changer le monde, mais pour le simple plaisir de se parler dans la chaleur de leur complicité ? C'était si difficile, pour un père et son fils, de se promener bras dessus bras dessous, sans attendre le moment qui, lui, avance à pas de géant, où le fils doit aider le père à se tenir debout ? À défaut d'accident de parcours, il me faudrait bien un jour ouvrir tout grand le portillon du cimetière pour laisser passer notre couple chancelant.

Quand, à différentes reprises, j'avais voulu te témoigner mon affection, faire un geste vers toi, t'emmener dîner dehors par exemple, pour te changer les idées, j'avais eu l'impression d'être à tes yeux une compagnie déplacée. Non seulement tu ne sortais pas de ton silence, mais tu montrais ostensiblement ton ennui et, détail qui me frappait, tu sautais systématiquement le dessert, dans ta hâte d'en finir. Un soir, je t'avais proposé de me retrouver dans l'endroit que je croyais t'être le plus agréable. Ayant eu quelques déboires dans un projet de reconstitution d'une vaste parcelle de nature sauvage, j'étais arrivé avec un léger retard. J'étais habitué à tes sautes d'humeur, mais la colère avec laquelle tu m'avais accueilli avait franchi un degré dans l'escalade. Tu t'étais levé et avancé vers moi à la manière d'un taureau de combat. « Partons d'ici, avais-tu hurlé, sans crainte de faire de l'esclandre. Je n'ai pas plus de temps à te consacrer. » Et pour une fois, tu avais soutenu mon regard sans baisser les yeux. En fait, tu avais trouvé le temps, après cet incident, le calme étant revenu, de traverser la ville avec moi dans une longue promenade silencieuse. J'avais savouré mon bonheur de marcher à tes côtés, malgré la scène qui nous avait précipités dans la nuit. À quelques mètres de la maison, tu t'étais décidé à parler. Tu voulais savoir comment j'avais connu ta mère et ce que j'avais *précisément* (c'était ton mot) éprouvé à ce moment-là. Tu brûlais d'impatience de me confier ton secret : à ton tour tu avais rencontré une jeune fille.

J'avais accueilli la nouvelle avec amusement. Le temps était venu, pour toi, de sacrifier au rituel des histoires convenues. En vérité, cette jeune pianiste ne sortait pas de la page d'un livre. Elle ne venait pas non plus prendre une place annoncée dans la chronique d'une lignée. Un éclat d'enfance éclairait son regard. Elle était pleine de vie, infiniment belle. Elle était de ces êtres d'exception dont la main, dès le premier instant, cherche votre main pour vous arracher à la misère. Mais l'éloge de son intensité, ce n'était pas encore à moi de le faire. « Tu l'aimeras beaucoup », m'avais-tu immédiatement assuré. Et tu t'étais perdu dans une description de ses yeux verts, du grain de sa peau qui invitait inéluctablement à la caresse, de sa bouche qui, en moins de temps qu'il n'en fallait pour le craindre, vous décrochait le cœur de la poitrine. La vie était comme un clavier sous ses doigts : c'était un peu stupide de l'écrire, mais c'était tout à fait ça. Elle la chargeait de désir, rendait désirable ce qu'on croyait irrémédiablement désenchanté. Au contact de sa seule présence, ce qu'on désespérait d'aimer cédait la place à ce qu'on voulait aimer, puis à ce qu'on aimait.

L'enthousiasme joyeux qui te soulevait quand tu me parlais d'elle. Je ne t'avais jamais connu si bavard ! Tu voulais que nous nous rencontrions au plus vite, comme si tu attendais de moi un blanc-seing pour donner libre cours à ta passion.

J'avais accepté un rendez-vous. Elle était en retard. L'attente t'usait les nerfs : tu ne tenais pas en place. Quand elle était enfin arrivée, j'avais été stupéfait. Toutes tes tentatives de description de Léna – c'était son prénom, Léna, et elle n'aurait jamais pu s'appeler autrement – étaient restées en deçà de l'intensité de sa présence. Cette façon, d'abord, qu'elle avait de vous regarder en effaçant en vous toute tristesse et en vous emmenant au plus loin de la douceur. L'assurance immédiate, ensuite, qu'elle vous donnait que l'attente avait pris fin, que tout était possible et allait commencer vraiment.

Léna… Son visage si expressif, si attirant, qu'on avait, dès qu'on l'apercevait, envie de se blottir dans ses bras. Qu'on redevenait – comment dire ? – l'enfant qui avait eu l'habitude d'être chassé autrefois.

Cette toute première fois, elle venait de donner un concert. Elle portait une sorte de smoking. J'avais aperçu une toute petite femme perdue dans un vêtement d'homme. Sa veste, je n'ai pas oublié ce détail, était mouillée sous ses bras… Ce soir-là, je ne lui avais pas donné d'âge. C'était presque une enfant, avec des éclats de sensualité que soulignaient ses cheveux fauves : *fauves*, c'était le mot ; elle n'était pas exactement rousse sa chevelure enroulée en boucles, ce fameux jour, autour de son visage. D'autres jours, elle revenait de chez le coiffeur avec une chevelure noir corbeau. Ses grands yeux verts ombrés de cils noirs mangeaient une grande partie de son visage. Une partie seulement, car l'enchantement venait encore de ses fossettes et de l'incroyable dessin de sa bouche adolescente. Cette bouche aux lèvres charnues, toujours humides et entrouvertes, qui allait m'entraîner si loin dans l'insouciance.

Ne pas pouvoir embrasser les lèvres de Léna me plaçait en position de condamné. La nuit me semblait se refermer définitivement sur moi. Cette jeune femme que je connaissais à peine, parce que je l'avais manquée sans doute à jamais, m'avait fait entrer sans crier gare dans le monde de la vieillesse, qui, jusqu'à présent, ne m'avait qu'effleuré. Et pourtant, chaque fois que je revoyais sa bouche, c'était comme si elle m'accordait une grâce, limitée au moins au temps de sa présence. Il me fallait bien la quitter, laisser les amoureux dans le secret de leurs baisers, et je m'en allais comme refoulé par la crosse d'un fusil. Je repensais alors à la bouche de Léna, à son sourire irrésistible découvrant ses petites dents éclatantes comme des dents de lait.

Je n'avais rien demandé, rien cherché, et je me retrouvais dans la peau d'un amoureux passionné – au point, justement, d'être prêt à y laisser la peau... L'image de la mort, qui vous soustrait aux êtres et aux biens de la terre en vous reléguant dans la seule solitude qui justifie son nom de solitude, c'était ce qui s'imposait à moi quand je devenais le tiers exclu, le spectateur involontaire de vos ébats. Quand je te voyais porter les yeux sur son visage, et qu'elle te répondait par un sourire, j'aurais voulu que la tension de ses mâchoires la défigure sur-le-champ et me laisse enfin la liberté de la protéger et de l'aimer. Elle te souriait et, au contraire de mon espoir, son visage resplendissait. Je n'avais plus qu'à m'en remettre à la chimère d'un improbable signe d'elle. Je l'attendais comme le garrot qui arrête le sang.

Dès cette première rencontre, j'avais perdu la tête. C'est le plus difficile aujourd'hui à exprimer, à essayer de faire comprendre. Je ne comprenais pas moi-même ce qui venait de se produire ; comment, en un instant, j'avais pu remettre mon sort entre les mains d'une femme d'autant moins disponible qu'elle m'avait été présentée par mon fils comme étant son premier amour. On m'avait d'innombrables fois posé la question : quel père serait-il assez ignoble pour séduire la petite amie de son fils ? J'étais le premier à savoir que rien de la fascination que j'éprouvais ne pouvait résister à l'insoutenable de la situation. De toute évidence, l'acuité de mon émotion devait enlever toute réalité, toute qualité d'être aux jours à venir, sans autre issue que la désolation. Je ne répondais pas à la question. À mes rares moments de lucidité, je me disais que j'avais dû être plus atteint que je ne l'imaginais par la maladie du désir de possession du collectionneur, qui peut vous faire basculer dans l'autre monde, de façon totalement irrationnelle, en un rien de temps.

Le désastre n'avait pas tardé à s'installer. Au lieu de travailler, comme Lune me le demandait avec insistance, au jardin de simples bordé de buis que j'avais prévu de créer sur l'une des terrasses, je passais mon temps, poussé par le malheur plus que par la jalousie, à vous épier et à chercher à vous surprendre. J'attendais comme un chien derrière la porte de votre chambre, à l'affût de vos chuchotements et gémissements, m'efforçant, livré comme jamais à moi-même, de reconstituer vos faits et gestes. Un soir, ouvrant brusquement la porte, vous aviez découvert le pot aux roses. Léna s'était approchée de moi : nos mains s'étaient presque touchées. Je voyais ses cheveux resplendir comme l'aile ouverte d'un corbeau. Je désirais enfoncer mes doigts dans leur masse, lui faire mal, lui faire peur... Cette fois, j'étais entré dans une connivence avec elle, qu'un mariage, sans doute, ne scellait pas aussi sûrement. Elle me souriait, ne cessait pas de sourire. Une flamme s'allumait dans ses yeux, tandis qu'elle faisait un effort appuyé pour donner à son visage une expression naturelle, proche de l'indifférence.

Nous nous étions revus le lendemain. Elle venait de la serre, où elle avait été admirer mes palmiers équatoriaux et mes fougères arborescentes. Elle tenait également à me faire remarquer que mes alignements d'ifs, par rapport aux règles strictes de la perspective, laissaient à désirer. Puis, contre toute attente, elle avait ramassé un peu de terre au pied d'un tulipier et elle me l'avait jetée à la figure. Tu avais bien été le seul à t'amuser de ce geste inattendu et, ton bras sur son épaule, tu t'étais penché vers elle pour l'embrasser, un vrai baiser, comme tu disais, avec la langue. J'étais ahuri, stupéfait. Je ne voulais plus m'immiscer dans votre jeu à quatre mains, vivre tout à la fois l'intensité pour moi si inédite d'un amour, et le pourrissement de ses signes.

Minuit. Je n'avais pas remis à Léna la lettre que je lui avais écrite le soir même. Ses lèvres qui me faisaient exister, et dont j'attribuais la rougeur inhabituelle à trop de baisers, accusaient la pâleur de son visage. Elle voulait me parler, loin de la maison, dans le parfum des chrysanthèmes. Le plus seul de nous deux, avait-elle tenu à me dire, me parlant de toi et de moi, n'était pas celui que je me complaisais à croire… Et elle montrait du doigt la fenêtre de ta chambre, mettant à nu, par ce geste, l'intimité de celui qui, cet après-midi encore, avait été le rieur.

Sur la tête de mon grand-père, je jure que je n'avais à aucun moment voulu te faire du mal. Tout était venu à cause de cette passion et de sa hâte croissante à étendre sa terreur. Je n'avais pas la possibilité de me soustraire à l'abjection que ma vie allait devenir. Je n'attendais plus que d'entendre sonner les clarines pour la mise à mort. En tout cas, le spectacle était pitoyable. Je ne vivais plus que pour tenter d'apercevoir Léna, à défaut probablement de pouvoir lui parler, et de reprendre cette conversation sur la solitude, vite interrompue par ma crainte d'être entendu. Moi qui avais mis au point, avec toi, un mode de vie régi par le mutisme, j'avais pris la nouvelle habitude de t'appeler dans la journée pour un oui ou pour un non, dans le seul dessein de te faire parler d'elle. L'ironie de cette passion si malheureuse avait voulu qu'au moment même où cet amour allait trancher notre lien sans recours, j'engageais avec toi un semblant de dialogue que nous n'avions même pas connu auparavant. Au lien avait donc succédé la chaîne.

J'étais devenu le prisonnier d'une comédie d'amour paternel, l'hirondelle censée faire le printemps de mon amour pour Léna. Ainsi, pratiquement chaque soir, alors qu'intrigué par ma curiosité inédite, tu me faisais, avec un grand luxe de détails, le récit de ta journée, j'étais tout entier tendu vers le fond de la maison, tout à la panique de n'avoir pas entendu quelques notes de piano, qui m'auraient été destinées comme un message codé.

Minuit et demi. Elle venait curieusement de relever ses cheveux en une sorte de chignon qui, ajouté à ses traits enfantins, lui avait donné un air angélique. Elle s'était vêtue d'une veste en lin et d'une jupe moulante en vérité si courte que, lorsqu'elle s'était assise, les jarretelles qui maintenaient ses bas étaient apparues sournoisement. J'avais eu une réaction de gêne à l'idée que tu avais pu voir, comme moi-même, la couleur terre de Sienne de ses jambes bronzées.

Une heure. L'horreur de ce qui m'arrivait, sous l'apparence du bonheur extrême, m'avait fait perdre le sommeil. Je me sentais perdu comme lorsque mon grand-père me couchait sans m'embrasser dans l'obscurité glaciale. Au moins, je pouvais m'enfoncer en boule sous la couverture, faire le vide en moi, m'endormir, dans l'espoir de ne plus me réveiller jamais, ou que le lendemain serait un autre jour.

Trois heures. J'imaginais Léna dans une pièce entièrement tendue de noir. Elle répétait. J'étais frappé par la petitesse de sa main droite, qu'elle ramassait encore. Sa gauche avait une pente naturelle du pouce en direction du cinquième doigt. Elle travaillait la *Sonate en* la *bémol* de Beethoven. Elle n'y arrivait pas. Jamais elle n'avait donné si peu de relief aux variations du premier mouvement. La continuité et l'enchaînement des phrases lui semblaient être une catastrophe. Rien ne pouvait la rassurer.

Cinq heures. Nous nous étions rencontrés dans le couloir. Elle tardait donc autant que moi à trouver le sommeil. Elle était décidée à poursuivre sa répétition jusqu'au lever du jour. Mais d'abord, elle voulait me convaincre qu'en musique – ce qui justifiait amplement ses nuits blanches – toutes les combinaisons étaient toujours possibles. Un autre constat la faisait rire aux éclats : elle se comportait au piano comme avec un homme à qui elle aurait voulu plaire à tout prix.

Combien de nuits n'étais-je pas resté ainsi éveillé, à la merci d'un signe d'indifférence ou d'une plaisanterie cruelle. À l'aube, soulevé par un espoir misérable, je me précipitais d'innombrables fois hors du lit, me pliant jusqu'au sol, comme un innocent de film burlesque, pour vérifier qu'elle n'avait pas déposé une lettre sous ma porte.

Il n'en était jamais rien. Comment aurait-elle pu, d'ailleurs, trouver le temps de m'écrire ? Des remarques ironiques, des bons mots égrenés l'air de rien au cours de la journée auraient dû ne me laisser aucun doute :

elle s'amusait ; elle avait inventé un jeu à mes dépens, et peut-être avec ta complicité. Non seulement, par conséquent, je ne devais pas m'effacer, mais il était urgent que je leur montre de quel bois je me chauffais, en allant beaucoup plus loin qu'eux dans leur jeu. À cinquante ans, à l'âge où l'on n'a que l'embarras du choix des façons de sombrer, je prenais la décision de vivre au plus près de ma vérité.

Je n'étais pas sûr qu'il existe un mot dans la langue pour désigner ce qui m'arrivait. Si tel avait été le cas, il serait certainement venu à mon secours. Mais j'étais confronté à une béance, à l'image de la bouche d'un homme frappé de stupeur. Je voulais savoir. J'approchais un mot et puis un autre, comme j'aurais approché la main du visage de Léna, pour finir par me rendre à l'évidence douloureuse qu'elle détournerait toujours la tête.

Je ne vivais plus maintenant qu'au rythme de ses concerts, que je n'aurais manqués sous aucun prétexte. Je déployais des ruses de Sioux pour me tenir informé de son programme, et me rendais incognito dans les villes où elle se produisait. Je dînais seul, retardais le moment de retrouver ma chambre d'hôtel afin de respirer à pleins poumons l'air de la ville où elle s'était probablement endormie. La nuit ne s'était pas décidée à me porter conseil. Le miroir me renvoyait des cernes plus marqués, des joues plus creuses. La pensée de Léna ne m'avait pas abandonné, pas plus que mon désir de découvrir son visage derrière le masque de la captive de *King Kong*.

Premier concert de consécration. C'était à Pleyel. J'avais fait le voyage de Paris spécialement, confiant à Lune la réception d'un lot d'oliviers de Bohême qui requéraient des soins urgents. Sous les doigts de Léna, la reprise du thème de la *Mazurka en* si *bémol* de Chopin. Je n'exagère pas : je voyais des étoiles filantes. La musique s'était engouffrée dans l'espace vacant qui nous séparait. Elle décidait à notre place, ne laissait planer aucun doute sur l'imminence de notre rencontre. Comme je rouvrais les yeux, mon regard s'était arrêté sur les mouvements de ses épaules dénudées ; il était remonté sur sa nuque, puis, alors qu'elle s'était inexplicablement tournée vers la salle, sur son propre regard, soudain chargé d'effroi. Elle semblait chercher des yeux l'homme qu'elle aimait, parmi des prisonniers derrière les barreaux.

Je m'inquiétais à propos de tout : le froissement d'une partition dont elle avait du mal à tourner les pages, les chuchotements de quelques auditeurs pendant l'exécution d'une pièce, la rigueur et la grâce qui, en plein concert, lui feraient soudainement défaut. Dans la chaleur et la tension de la salle, les enjeux prenaient des proportions démesurées. Donc, les choses tournaient mal. Mes meilleures résolutions s'envolaient avec la nuit. Ne pas me dissimuler mon amour, c'était adhérer enfin à moi-même, c'est-à-dire prendre le risque, aussi, de m'enfoncer dans les jours de la honte.

Mes affaires périclitaient. Lune était incapable de faire face, seul, aux exigences d'une clientèle habituée à mes égards. Je n'étais jamais là quand il le fallait. Des semi-remorques, chargés de toutes les variétés des essences les plus rares, me passaient systématiquement sous le nez. On le disait, mais on n'avait pas tout à fait tort : le déclin, la chute de l'Empire avaient commencé. Et je ne m'en souciais que comme d'une guigne. S'il ne m'était resté qu'un seul jour à vivre, je l'affirme sans hésiter, j'aurais choisi de le passer en écoutant jouer Léna, noyé dans l'iris de ses yeux. À ma manière, moi aussi je jouais. Et j'avais franchi le seuil où on ne joue plus pour gagner, mais simplement – et c'est déjà beaucoup ! – pour continuer la partie. Comme un musicien, je devais aller jusqu'au bout. Jouer en grand et avec passion.

Paris, Vienne, Berlin, Madrid, Venise… L'Europe, la vieille Europe…

Pleyel, Steinway, Bösendorfer, Bechstein, Kawaï, Yamaha… J'apprenais, les yeux fermés, à distinguer leur timbre, leur sonorité. Je m'étais débarrassé de tous mes traités d'horticulture et avais commencé à composer une bibliothèque entièrement dédiée au piano. Léna venait de plus en plus souvent consulter mes raretés. Je la retrouvais à la nuit tombante, se brûlant les yeux sur les livres ou les partitions. Mon apparition, certaines fois, la faisait fuir ; d'autres fois, elle manifestait son désir de parler, de m'entraîner dans des contrées sans retour possible.

Un soir, elle m'avait parlé de votre amour. À l'entendre, c'était une comédie. Vous ne jouiez pas pour de vrai. La supercherie, en fait, m'était destinée. Tous deux voulaient voir comment je tiendrais mon rôle. Mais ton arrogance la révulsait. Tu étais beaucoup trop sûr de toi : « Il croit pouvoir jouer de la musique, disait-elle, avant de savoir la lire. Il faut, maintenant, qu'il s'arrange pour perdre… »

« Les petits rôles ne nous apprennent rien, disait encore Léna. Je ne veux plus vivre dans le monde des enfants. »

Elle était la maîtresse de mon fils, mais l'amante de la vérité. Je vous aimais tous deux, ensemble et séparément. Je l'aimais au point d'avoir quitté le monde qui m'entourait, alors que j'avais l'âge d'être son père. Pour aggraver mon cas, je ne savais pas comment m'y prendre quand elle s'était approchée de moi. Elle disait qu'il ne fallait plus être que quatre bras et fermer les yeux comme quand on écoute de la musique. Des larmes nous trempaient le visage. Nous ne savions pas de quels yeux elles provenaient. Je l'affirme sans hésiter : que tous mes juges soient au moins une heure en proie à cet embrasement qui ravit l'être tout entier, sans sursis et sans appel, et ils comprendront aussitôt qu'essayer de s'y soustraire à grand renfort de raison est aussi illusoire que de prétendre ruser avec un arrêt de mort. Pour moi, il était inutile d'aller chercher plus loin : une vie sans Léna, je ne pouvais tout simplement pas parvenir à l'imaginer.

Elle avait dû rejoindre assez vite une séance de répétition. Tu m'attendais dans le salon où tu avais eu l'attention de remplir les vases de tulipes couleur feu. Avant de t'embrasser, j'avais fait le geste d'effacer les traces des larmes de Léna. J'avais l'impression de me comporter avec toi, mon fils, comme l'aurait fait un mari volage effaçant à son retour au domicile conjugal les traces trop visibles de son infidélité. Maintenant que celle que je n'étais pas autorisé à appeler *mon amour* m'avait embrassé, je redoutais d'exhaler, au moins à tes yeux, toutes sortes d'allergies, comme certaines plantes aux changements de saison.

L'étrange, dans toute cette histoire, était le sentiment de détresse qui, de jour en jour, devenait plus prégnant. Quelle confiance accorder à Léna ? Peut-être me trahirait-elle, au nom de la raison supérieure du jeu, aussi vite qu'elle t'avait trahi. Aussi, même si je savais qu'on ne pouvait en saisir qu'une part infime, j'étais résolu à te dire toute la vérité dont j'étais capable. Comment, me mettant en travers de la beauté de ton amour, je m'étais approprié le secret qui brillait dans tes yeux ? Tu étais resté silencieux (mais j'ignore comment appeler cette sorte de silence qui consiste simplement à ne pas surcharger la réalité de ce qu'on est en train de vivre...). J'aurais voulu m'immerger dans la nuit, jusqu'à devenir la nuit elle-même. Je ne comprenais plus le but que je m'étais fixé. Je me retrouvais libre d'aimer, mais à travers le regard d'un autre, le tien.

Debout devant son piano, Léna jouait la première phrase de la *Barcarolle* de Chopin. Je prêtais attention à la sonorité qu'elle obtenait, un don mystérieux contracté, à l'évidence, dès sa naissance. Le mystère, en effet, était de la partie, celui-là même qui demeure obstinément fermé aux pianoteuses. Léna n'entrait pas dans ce cas de figure. Son aisance dans la maîtrise, qui faisait oublier les immenses difficultés techniques surmontées par un travail d'enfer, sa nuance inimitable dans le toucher nous introduisaient au cœur d'un secret qui, à mesure que s'affinait sa rage solitaire, risquait de l'isoler du commun des mortels. Je l'avais entendue dire, une fois, qu'elle aurait voulu vivre sans piano, terrasser une fois pour toutes le monstre qui avait l'air si docile, quand, le caressant d'une main en début de concert, le soliste saluait le public. Pour elle, la vérité était moins idyllique. On n'arrivait jamais au bout ; on ne touchait jamais le fond. Pas de différence avec le travail du jardinier : tout était toujours à recommencer.

Elle avait été le loup qui avait déchiqueté en menus morceaux la petite fille qui voulait aller voir ce qui se passait, toujours plus loin.

La première fois que je l'avais vue s'installer à son piano, elle était comme le premier sourire détaché de la terre de mon enfance. Une invitation à la vie. « Je vais jouer pour vous », disait-elle. Elle avait retrouvé le matin même les partitions des *Sonates* de Chopin.

Le lendemain, elle avait souhaité faire table rase, se débarrasser de ces piles de musiques qui envahissaient sa chambre comme des présences humaines. Elle entendait avancer à son rythme, viser avant tout la spontanéité, la grâce, l'équilibre. Ce qui ne l'empêchait pas d'oser certaines nuances, de se mettre en quête de couleurs, de dynamiques, d'une *vibration* – elle aimait le mot – qui n'appartiendrait qu'à elle. Sa hantise, c'était la virtuosité, les coquetteries des esthètes cherchant uniquement à faire de l'effet. Elle y opposait une théorie de la vitesse de la touche : la frapper à la bonne vitesse et juste avec l'énergie nécessaire – tel était le grand art. L'amour, d'après moi – ou ce que je pouvais en connaître –, croisait certainement le même champ d'expérience.

Et tout en poursuivant son étude de la *Barcarolle*, qu'elle avait reprise, Léna tenait à ce que je ne bouge pas de mon fauteuil et à ce que je l'observe découvrant l'œuvre, frémissant pour la première fois au contact de la partition, avant de laisser la musique parler en elle, lui asséner l'émotion de plein fouet. De ses dix doigts, elle s'efforçait de dominer le dragon qui la conduirait docilement ensuite là où sa passion voulait la mener. Puis elle reprenait ses invectives contre la virtuosité, qu'elle assimilait à un manque de puissance. Elle avait honte de son doigté qu'elle considérait comme une trahison de ce à quoi elle tenait le plus au monde. « Une singerie, disait-elle. La singerie de mon idéal. Le rêve s'achève toujours, dès qu'on commence à bien jouer… »

Retrouvant ces mots à travers la voix si émouvante de Léna, je repensais à la petite fille frappant la touche à la bonne vitesse pour échapper au loup. Il pouvait cependant arriver que certains sons nous frappent si intensément l'oreille que la stupeur nous empêche de fuir. Et sans une seconde d'hésitation, je me serais offert aux griffes et aux crocs d'une bête féroce pour être celui qui, l'écoutant à son piano, s'immobiliserait dans la fascination de la beauté. J'avais cette chance : écouter Léna nos quatre bras noués. J'avais cette chance : vivre un amour, de cette sorte d'amour dont on ne revient presque jamais vivant. Le drame, c'est qu'on n'en meurt pas toujours, et qu'il n'y a pas de grâce ou de réduction de peine. Il faut donc aller jusqu'au bout.

Aimer, cela ne m'était jamais arrivé. Quand cela vous arrive pour la première fois, vous ne vous enfuyez pas à toutes jambes.

Après notre timide premier baiser, nous nous étions contentés de nous tenir la main. C'était comme ça les premiers jours. C'était beaucoup, et même presque tout. L'un de nos jeux favoris consistait à inventer des phrases avec le mot *impossible*. Je les ai désormais à peu près toutes oubliées, à l'exception d'une seule : Impossible de vivre sans toi. Définitivement impossible…

Pour le moment, et c'était peut-être la marque de l'impossible, nous vivions en même temps dans la sagesse extrême et dans la démesure.

Lors d'une promenade, à quelque temps de là, je m'étais retrouvé si près de Léna que j'avais effleuré son visage, sa bouche… senti ses cheveux, son souffle. J'avais entendu le sifflement de son haleine et le battement de son cœur. C'était son être qui vibrait, le brillant de sa vie. Elle m'avait passé une main sur le visage, les yeux brouillés de larmes. J'aurais voulu embrasser ses paumes, m'habiller de sa peau. Je n'arrivais pas à l'embrasser. Il me semblait que nous n'étions jamais seuls, que je m'étais aventuré dans le rêve d'un autre.

Tant que je sentais son souffle et la chaleur de ses bras, malgré l'injustice flagrante de mon bonheur, je pensais que la chance était avec moi. Nous restions l'un contre l'autre sans rien dire. Je fermais les yeux, puis les rouvrais aussitôt dans la crainte que quelqu'un ait profité de mon inattention pour se tapir dans l'ombre. Mais surtout pour ne pas prendre le risque de manquer un seul de ses sourires.

J'avais remarqué que la main de Lune ne tremblait pas quand il abattait un arbre. Il n'en allait pas de même lorsqu'il devait, lui qui n'avait peur de rien, ouvrir la terre assez profondément pour planter une nouvelle pièce. Il appelait cela : semer la panique – tant l'accent de vérité des mottes de terre fraîche lui paraissait peu propice à nous réconcilier avec nous-mêmes.

J'avais été bien placé, dans mon enfance, pour apprendre combien sa crainte était fondée, mais la passion faisant voler en éclats votre vision des choses jusqu'à vous laisser vendre votre âme au diable, j'avais trouvé amusant d'entraîner Léna dans une tranchée à peine ouverte, au pied d'une bordure d'orties. Ses yeux brûlaient d'impatience, car je lui avais raconté qu'allongés ainsi dans la terre, nous serions dans la seule position qui permettait d'apercevoir le bleu du ciel dans sa réelle intensité. Elle avait longuement regardé le ciel et s'était enfuie dans une rêverie que, même si je me cramponnais à elle, je n'avais aucune chance de rattraper. Mais elle s'était ressaisie, et agenouillée contre moi, ses lèvres plaquées contre les miennes. Je n'avais pas fermé les yeux, fasciné par des jambes en plastique, les restes d'un mannequin, sans doute, que Lune, en creusant sa tranchée, avait déterrées. Mais mon inattention avait été de courte durée. Le désir faisait corps avec moi comme le tueur avec son arme.

Quand nous avions rouvert les yeux, convaincus à présent qu'il n'y avait rien de plus facile que de pourrir là-dessous, dans la terre fraîche, le monde n'était plus le même. Je serrais Léna dans mes bras de plus en plus fort. Je l'avais embrassée, puis embrassée encore, puis j'avais recommencé à l'embrasser. Chacun se laissait emporter par le bonheur de l'autre, les lèvres brûlantes de baisers. Nous n'entendions même plus les coups de hache contre les troncs d'arbres, au loin.

Cinq heures du matin. Nous étions échevelés et sales. Nos vêtements étaient déchirés, terreux. La présence de Léna était très forte, joyeuse, avec quelque chose d'affamé. Elle venait de sortir un couteau de son sac et d'un geste brusque, apparemment prémédité, m'avait entaillé la paume droite, avant de faire une coupure identique dans la sienne. La nuit était vide, réduite à nos blessures, que nous avions pressées l'une contre l'autre. Nos mains ruisselaient de nos sangs mêlés. Une étincelle brillait dans les yeux de Léna, qui avait les joues en feu. C'était à cet instant, je crois, que nous avions perdu le sens de nous-mêmes. La gravité s'était maintenant emparée de son visage. Elle me regardait, bouleversée et impuissante, comme si je venais de lui annoncer la mort d'un être cher. Elle s'était penchée vers moi sans un mot et, une fois encore, m'avait embrassé. Il faisait très chaud. Je pensais à toutes ces plantes que j'allais retrouver desséchées si, par mégarde, Lune avait oublié de les arroser.

C'était bien aussi qu'elle ait longtemps retardé l'heure de vérité de ce qu'on nomme l'amour. J'avais toujours été, dans ce domaine, un vif partisan du retardement, pour ne pas dire de la retardation. Elle tenait absolument à ce que la scène se situe dans la maison de ses grands-parents où elle passait toutes ses vacances quand elle était petite fille. Au rez-de-chaussée, la maison ne comprenait qu'une seule grande pièce – on l'appelait la cuisine – qu'un rideau de plastique noir séparait en deux. Au fond, dans une souillarde, avaient été placés le lit et un fauteuil en cuir éclairé par un halogène et surmonté d'un miroir moucheté de moisissures mordorées. Au-dessus du lit, centré avec précision, le portrait de la grand-mère. Elle devait déjà être très âgée quand la photo avait été prise. Et j'étais très troublé, parce qu'elle me rappelait irrésistiblement la vieille fleuriste qui, dans une autre vie, m'avait initié, sans grand succès d'ailleurs, aux choses de l'amour. Une différence toutefois : la grand-mère de Léna, telle que le photographe l'avait immortalisée, n'avait plus beaucoup de cheveux sur le devant de la tête, cependant qu'au-dessus de ses oreilles, apparaissait sa peau tavelée, tendue sur l'os du crâne. Les rares mèches qui lui restaient, d'un blanc tirant sur le jaune, se retrouvaient en un petit chignon serré au creux de la nuque. À l'évidence, le photographe s'était appliqué : à travers la peau des doigts de la vieille femme, on distinguait le contour des os. Et elle fixait l'objectif de ses yeux verts, vaguement laiteux, esquissant un sourire qui voulait exprimer de la tendresse, mais restait complètement sous l'emprise de la peur.

Léna était persuadée que la photo de sa grand-mère nous porterait bonheur ; j'avais plutôt tendance, pour ma part, à l'interpréter comme un mauvais présage. J'avais l'impression que nous étions allongés sur un lit avec un vautour perché au-dessus de nos têtes.

J'avais finalement opté pour le fauteuil en cuir. Léna s'était assise sur mes genoux et j'avais mis mon bras autour de sa taille avant de plonger ma main dans son décolleté. Elle était froide et tranquille. La maison suscitait, décidément, trop de souvenirs. Nous nous étions très vite endormis dans les bras l'un de l'autre, enveloppés dans une vieille couverture.

Au petit matin, le désir avait resplendi dans nos

yeux et nos corps. Du doigt, j'avais suivi les traits du visage de mon amour, m'arrêtant longuement sur ses lèvres, accentuant ma caresse, griffant la peau de ses seins jusqu'à ce qu'elle durcisse. J'écrasais Léna de tout mon poids, faisais valser avidement ses vêtements et les miens, osant à peine lever les yeux vers elle. Nous étions dans une sorte de tourbillon qui me rapprochait de sa beauté, dont je n'aurais plus désormais, j'en étais sûr, qu'à suivre la ligne de vie.

Léna souriait, son corps contre le mien. Nos deux corps nus sous le regard de sa grand-mère dans son cadre de bois rougeâtre. De sa main libre, elle secouait la poussière qui s'était accumulée sur l'édredon ; de l'autre, elle sortait de son étui un préservatif dont elle avait pris soin de se munir à toutes fins utiles. Et elle me l'enfilait avec beaucoup de délicatesse, tandis que j'enfonçais mon pouce entre ses cuisses. Ses doigts continuaient de s'affairer en gestes précis, d'une douceur acérée. La sueur perlait sur nos fronts et nous nous épongions avec nos langues. Le blanc de ses yeux révulsés dans la clarté crue de l'halogène.

Depuis que mon fils nous avait quittés, il n'y avait personne d'autre que nous dans la grande maison, en dehors des incursions discrètes de Lune, chargé de renouveler chaque matin le bouquet de roses aux pétales ourlés d'un rouge presque noir qui devait se trouver sur le piano. Le travail de Léna était le seul ordre qui régnait. La seule force, également, qui lui donnait le sentiment d'être. Si bien qu'il était devenu, pour moi aussi, une raison de vivre. Chaque note de piano était une porte déverrouillée de la geôle du temps. Mais l'éclat du sourire de Léna n'était ce jour-là qu'un éclair de lucidité qui avait bien de quoi m'inquiéter. Sur le piano, *Le Clavier bien tempéré.* Voilà des jours qu'elle tournait en rond dans un prélude et fugue sans arriver à s'en sortir. Je me sentais un peu coupable, car le piano sur lequel elle jouait, que m'avait légué l'organiste du village de mon grand-père, était une vraie ruine. Une casserole, disait-elle, dont la mécanique claquait. Entaillé par les ongles de l'organiste, le couvercle du clavier était depuis longtemps dégarni. Les marteaux, usés jusqu'au bois, cognaient directement les cordes. Impossible, dans ces conditions, d'en sortir quoi que ce soit. Léna avait beau tenter, parfois, de lui parler, de le caresser et même de lui donner des coups, rien n'y faisait : ce pauvre piano avait rendu l'âme, et il aurait fallu un accordeur un peu démiurge pour lui rappeler ce qu'il avait été. J'avais donc aussitôt proposé à Léna de lui offrir un Bechstein, l'un des instruments qui me paraissaient à la hauteur de son toucher magique. Ma suggestion avait été rejetée sans appel. « Je ne me déciderai jamais, disait-elle, à travailler sur un piano allemand. » Puis elle s'obstinait sur la très vieille chose, et je m'agenouillais pour l'écouter. Elle jouait tendue vers une force qui restait pour moi obscure, sans me tenir à l'écart de sa grâce. Peut-être en allait-il ainsi, parfois, du lien unissant un père à son fils... Mais je n'avais pas exploré plus loin la réflexion.

Pour Léna, rien d'autre ne se passait que l'avènement de la musique. Parfois, elle donnait l'impression qu'elle allait s'interrompre, frôlant le silence, puis elle reprenait. « Nous sommes toujours aux confins, me disait-elle. La musique, n'importe quel art aussi bien, est une goutte de sang dans la mer. » Je me tenais immobile, retenant mon souffle, cherchant à me faire oublier comme un condamné dans le couloir de la mort. Des frissons me secouaient – à l'écoute de la musique et à la vue des cheveux dénoués de Léna qui s'agitaient autour de son visage. Elle gardait les yeux fermés et j'apercevais le rose de sa langue entre ses dents. Je me demandais si elle jouait en sentant la chaleur de mon regard sur ses doigts.

Je n'aimais pas trop les soirées de concert. Longtemps avant, enfiévrée, elle devait tout oublier de notre amour, comme s'il avait touché à sa fin. Ce nettoyage par le vide lui permettait de laisser la musique venir à elle. Le temps lui-même devenait un drame vécu douloureusement : le jeu de ses mains, à ces moments-là, me faisait penser au martèlement du sculpteur luttant avec le temps que lui laisse l'incandescence du fer rouge.

Elle me semblait si loin, si seule, perdue sur cette immense scène, cette si jeune femme que, quelques heures avant, j'avais tenue dans mes bras. Les lumières de la salle s'éteignaient et le noir me ramenait presque toujours à la maison mal éclairée de mon enfance. J'étais assis sur un vieux pneu de tracteur et écoutais une musique qui disparaissait dans l'odeur de la terre. Je me raccrochais alors aux bras nus de Léna, à ses doigts sur le clavier, au sourire qu'elle adressait si souvent à la musique – qui semblait venir de très loin, nouvelle venue armée de la plus grande patience, séductrice irrésistible qui foncerait sur vous, le moment venu, pour ne plus vous lâcher, resplendissante.

Mais pourquoi Léna tenait-elle tant à ma présence, alors que, dans le feu de l'action, elle ne faisait manifestement plus attention à moi ? Nous n'en avions jamais parlé, évidemment, mais je me sentais investi d'une mission secrète : prévenir, qui sait ?, une catastrophe, la protéger, la consoler, être là quand le public, si imprévisible, la vouerait aux gémonies après l'avoir tant aimée.

Paradoxalement, je vivais chaque concert comme une épreuve, j'en attendais impatiemment la fin, c'est-à-dire le moment où – il n'est pas exagéré de le dire – elle, qui avait terrassé la bête, allait reprendre le dessus, sa liberté par rapport à la musique. Mon heure, du même coup, reviendrait. Elle me chercherait des yeux dans les couloirs du théâtre, écourtant autant qu'elle le pourrait les propos convenus, les papotages de circonstance. Et nous partirions tous deux la main dans la main. Je l'emmènerais souper moins pour fêter son succès que la fin de mon abandon. Et comme j'attendais qu'elle ait fini de se démaquiller et qu'elle soit redevenue la Léna avec laquelle, dans un instant, je marcherais dans les rues, ma main dans la sienne, tout à la joie de l'avoir retrouvée dans l'excitation du succès et de la tension apprivoisée, je songeais à une musique qui n'aurait existé que pour nous, qu'aucune autre oreille que les nôtres n'aurait pu percevoir, la disparition d'un seul d'entre nous ouvrant le règne d'un silence sans espoir. Il n'y aurait rien devant le survivant. Tout serait fini définitivement. Mais cette nuit encore, pendant toute la durée du concert, l'implacable progression de la musique m'avait entraîné loin de mon pays. Elle m'avait comme tendu une main que j'avais prise pour une aide, une force surgie à point nommé pour me permettre de venir à bout de tout ce qui me séparait de Léna. La main, en fait – je devais le découvrir bien plus tard –, était pour moi une menace : chaque note qu'elle jouait sur le clavier était un pas qui m'éloignait un peu plus de mon amour, une sorte de crime parfait perpétré en toute impunité. Je me risquais, à l'occasion, à lui faire part de mon inquiétude, qu'elle prétendait ne pas comprendre. « Les pianistes doivent travailler comme des bœufs, se contentait-elle de me répondre, en lavant son string dans le lavabo de sa loge. Nous parlerons plus tard. J'ai besoin de me ravigoter… »

« Quelle délicatesse, quelle fragilité, quelle pudeur… » Dans le restaurant où nous avions nos habitudes nocturnes, les mots qui suivaient notre arrivée étaient toujours les mêmes. Léna, bien sûr, mobilisait l'attention. La plupart des dîneurs avaient été, peu de temps avant, ses auditeurs. J'avais également droit à quelques commentaires obligeants. Entre autres, il m'était impossible de chercher à dissimuler ma paternité : à la couleur des cheveux près, nous étions criants de ressemblance ; Léna était à proprement parler le portrait de son père.

Mon comportement devait ensuite ternir un peu ce touchant tableau de famille. Je ne me jetais pas sur Léna pour l'embrasser comme un père embrasse sa fille, mais comme un amant incapable de contenir décemment son émotion. Je me surprenais à aller trop vite, beaucoup trop vite, tel un homme qui tournerait le dos à la vie, un motocycliste grisé par la vitesse fonçant irrésistiblement contre le mur. Son regard seul suffisait à calmer le jeu. Elle me repoussait tendrement mais fermement de la main, et nous reprenions notre conversation là où nous l'avions laissée. Nous nous égarions souvent, et non sans plaisir, du côté de nos enfances respectives. Léna était incapable de mentir. Il y avait des vérités que j'aurais préféré, certaines fois, ne pas entendre, mais rien d'autre que ce qui avait précisément eu lieu n'était à attendre de son récit. Tout ce que je racontais, en revanche, n'était qu'un tissu de mensonges, de l'affabulation bourrée de méchanceté. Ni pays ni enfance, c'était mon lot. Et pour en améliorer l'ordinaire, je m'étais inventé une mère absente, un père prisonnier, un grand-père fossoyeur, toute une généalogie abracadabrante, mais non dénuée de sens, plus vraie d'une certaine façon que la vérité.

Léna saisissait mes poignets pour écarter mes bras autour de sa taille et me suppliait de lui parler encore et encore de ce grand-père imaginaire que je ne pouvais pas évoquer sans avoir le visage illuminé. Elle voulait que je creuse davantage toutes ces images, afin qu'elles lui deviennent assez familières pour qu'elle en partage la souffrance. Elle me laissait parler, puis se lovait contre moi, me mordillait les lèvres, embrassait ardemment ce qu'elle appelait ma vraie bouche de menteur. Nous finissions le champagne, portions des toasts, avec beaucoup de sérieux, à l'avenir de notre amour. Un soir, elle avait levé son verre en le serrant si fort dans sa main qu'elle en avait fait éclater le cristal. Elle m'avait tendu sa main blessée, baignée dans un mélange de champagne et de sang, qu'elle m'avait demandé de lécher. « À l'avenir de notre amour », s'était-elle écriée, devant les serveurs médusés.

Quand nous rentrions, elle exigeait que je lui fasse l'amour aussi rapidement et aussi souvent que possible. C'était l'étincelle, disait-elle, qui lui procurait tout son plaisir, l'instant du basculement. Entièrement nue, elle jouait ensuite pour moi seul, agenouillé dans le noir, l'*Appassionata* de Beethoven, qu'elle reprenait d'innombrables fois, avec toujours cette même aisance dans la maîtrise qui laissait la porte grande ouverte à l'émotion. Elle était très vite en sueur et me tendais, de temps à autre, le bout d'un doigt que je léchais. Puis nous nous effondrions l'un sur l'autre, les yeux brillants, submergés. Nous nous émerveillions d'avoir vécu encore un jour de bonheur, un jour de plus, comme des enfants fugueurs incapables de voir que les chemins foulés disparaissaient en même temps sous leurs pieds. J'éteignais le lampadaire peint en noir, comme tous les meubles de la maison, et nous nous endormions l'un contre l'autre, à même le parquet du salon, éclairés par un filet de lumière provenant du store vénitien que je n'arrivais pas à baisser complètement.

Le lendemain matin, levée bien avant moi, elle était déjà dans une autre histoire. J'étais saisi par l'expression glacée de son regard. Le piano résistait. Ses mains, à l'entendre, étaient devenues étrangères l'une à l'autre, et si elle continuait à jouer ainsi, elle ne ferait que se casser le dos. Le coupable était Beethoven, ou plutôt son *Concerto en* mi *bémol* difficile en diable. Je n'arrivais pas à comprendre son découragement : sous ses doigts, la flamme du *rondo* surgissait avec une ardeur incroyable. Mais rien à faire. Elle estimait que le piano la laissait loin derrière lui, qu'elle s'astreignait tout au plus à des gammes, qu'elle ne faisait que mortifier ses doigts. À l'en croire, elle n'éprouvait plus jamais ces fulgurances qui, il n'y avait pas si longtemps, la faisaient trembler de tout son corps. Seul le silence devait la sauver. C'était le tribut à payer pour les retrouvailles. Elle aurait voulu qu'il tombe sur elle ce silence, comme la foudre sur l'arbre. Qu'il lui arrache la musique de la tête et des doigts en lui laissant juste assez de force pour effleurer les touches comme on jette une poignée de cendres dans la tombe ouverte. Qu'il y ait d'instant en instant, dans la musique, comme un adieu chargé de mémoire.

Léna en concert. Son corps ramassé, dense, rapide, précis, avec quelque chose, tout le monde l'avait souligné, de vaguement félin. Sa manière rien qu'à elle d'aborder le clavier, la main presque couchée, sans jamais un geste, une expression qui n'auraient pas été dictés par la nécessité.

C'était pour moi seul, une nuit, qu'elle avait accepté de jouer la *Sonate en* si *bémol* de Schubert. Elle se tenait très droite, la tête légèrement inclinée, les lèvres luisantes. Sa jupe était relevée très au-dessus de ses genoux et laissait voir ses bas filés. J'essayais de me perdre dans ses yeux agrandis par le fard, de ne pas entendre ce que j'écoutais, cette invitation de Schubert à accepter la mort, un pas que cette œuvre, écrite deux mois avant sa disparition, avait dû l'aider à franchir. Longtemps après la dernière note, elle n'avait pas repris la parole ; elle avait passé son bras dans le mien, et je croyais lire dans son regard l'injonction que nous ne nous quittions pas ; que nous ne laissions même pas à la mort le pouvoir de nous séparer. Sur le piano, les roses s'étaient ouvertes à en être obscènes.

Léna resplendissante… Son dos, sa poitrine en sueur. Dans ma bouche, des filets de salive que son sexe salait. L'odeur de l'eau savonneuse sur sa peau, quand elle venait de la douche et qu'elle se collait, mouillée, contre moi. Ma langue effleurait ses épaules, ses seins, son ventre… Mes lèvres s'attardaient partout à toutes sortes de petits baisers rapides. Puis de sa fleur violacée, à laquelle un coup de fouet originaire avait dû laisser ce qu'elle avait elle-même appelé une « balafre dentelée », je ne faisais qu'une bouchée. Elle s'agenouillait ensuite devant moi, les yeux brillants, et m'assurait, avec force démonstrations de tendresse, que mon sexe était décidément son jouet préféré.

Elle se déplaçait sur le parquet très noir, à pas feutrés, pieds nus. Elle était tellement silencieuse que je me surprenais, parfois, à tendre l'oreille pour essayer, inquiet, de capter son souffle. Le plus souvent, je la retrouvais allongée nue sur le lit, une jambe entortillée dans les plis du drap, les yeux mi-clos et mouillés comme ses lèvres.

Dans la baignoire, je la savonnais, la rinçais, accourais toujours avec plaisir quand elle me le demandait. Sa peau avait avec ma main une complicité qui nous dépassait l'un et l'autre ; puis, reprenant le dessus, Léna m'offrait ses seins, avançait son ventre, jambes écartées. Ma main descendait le long de ses cuisses, s'attardait sur les courbes de son dos, remontait dans une brusque poussée jusqu'à l'entrejambe où tout était permis, même le regard. Mais c'était, justement, la pureté de son propre regard qui venait à bout de la résistance de mes doigts.

L'intensité ne nous avait pas abandonnés. Nous nous aimions. Je l'aimais. L'amour que j'éprouvais pour Léna était aussi violent que le dégoût que j'avais de moi. Je ne pouvais pas arrêter le jeu. Il me fallait y croire, sinon je n'aurais rien eu à faire dans cette chambre aux murs tendus de noir, où une jeune femme, les jambes écartées sur mon lit, me demandait de deviner à quoi elle pensait quand elle jouait la *Sonate en* si *bémol* de Schubert. Même un enfant, d'après elle, aurait trouvé aussitôt la réponse : elle s'imaginait écartelée sur mon lit, les pieds et les mains attachés aux montants, un couteau planté entre les seins… Et l'histoire se perdait dans un chuchotement, comme les histoires un peu longues que racontent les mamans pour endormir leurs enfants. D'ailleurs, moi-même, je n'écoutais plus depuis un moment, préoccupé soudain sans doute plus qu'il ne le fallait par une histoire de broussailles venues envahir mes tulipes noires, dont Lune, le soir même, m'avait dit un mot. Je ne pensais donc plus qu'à fuir le désastre, comme lorsqu'on est dans les bras de quelqu'un qu'on connaît à peine, et qui se révèle finalement sans rapport avec l'idée qu'on s'en était faite. C'était bien la première fois qu'une telle angoisse me rattrapait au cœur de mon amour. Je n'osais pas en parler à Léna, mais je lui avais probablement communiqué mon trouble, car il n'y avait plus, pour éclairer son visage, qu'un sourire du bout des lèvres.

Elle partait maintenant de plus en plus loin, de plus en plus longtemps, sans plus jamais me dire où elle allait, ni même quand elle rentrerait. Moi qui avais les larmes en horreur, je n'étais plus qu'un quinquagénaire éclatant en sanglots derrière un piano. Des nuits entières, je guettais le cliquetis d'une clef, le claquement d'une porte. J'aurais voulu rétrécir, me faire de plus en plus petit, me contracter jusqu'à entrer dans le sexe de Léna et me recroqueviller une fois pour toutes dans son ventre, afin qu'elle ne m'abandonne jamais plus. Mais que faire ? Qui appeler ? Je m'allongeais sur le parquet et somnolais vaguement dans l'horreur de la pensée qu'elle ne reviendrait peut-être plus.

Chaque fois, pourtant, ç'avait été plus de peur que de mal. Elle était revenue. Elle revenait, plus éclatante de jeunesse encore. Je la serrais très fort contre moi et l'embrassais, la caressais avec un empressement, une hâte indécente qu'elle n'aimait pas. « La passion ne se suffit pas à elle-même, disait-elle. Sur la musique, on est toujours tenté de mettre un chant. Et c'est le début des tourments. Toi-même, quand tu plonges la main dans un trou pour en sortir une poignée de terre, tu n'es pas assuré de ne pas en sortir *une boue pleine de vers, de débris d'os et de racines de chiendent...* » Elle avait retenu cette phrase à peine lisible du récit que j'avais repris dans le désespoir de l'attente. Le ruban de ma machine à écrire, lui aussi, m'avait lâché. J'avais eu beau marteler les touches, les lettres s'étaient à peine imprimées sur le papier.

Lune, en sueur, passait et repassait avec un sourire un peu triste. Il paraissait dans un monde lointain. Sans m'en avoir soufflé mot, il avait récupéré la charrette à bras de mon grand-père, que je n'avais jamais eu le courage de brûler, et il lui avait apparemment redonné du service en l'utilisant pour transporter des bidons d'essence dont j'ignorais la destination. Ils étaient très nombreux, à en juger par le nombre de voyages que Lune, exténué, avait dû faire dans l'après-midi. J'avais l'impression que la mâchoire d'un étau était en train de se resserrer. Mais surtout, le fracas des roues sur les cailloux du chemin m'empêchait d'entendre les mots que Léna tenait à me glisser à l'oreille. Pas question de les lui faire répéter. Elle avait le souffle coupé, comme quelqu'un qui aurait présumé de ses forces. « C'était une invention de mon amour, disait-elle en me tournant le dos. Reste donc l'invention... À moins que tu ne préfères encore l'allégresse de l'ennui... »

C'était la nuit la plus chaude de l'été. Lune n'en avait pas moins continué ses mystérieuses allées et venues, cachant ses bidons d'essence, tels des œufs de Pâques, aux quatre coins de nos jardins. Le ciel, grand ouvert, était constellé d'étoiles. Toute la journée, nous avions en vain cherché de l'ombre. Léna dînait sous le grenadier. Elle était bien la seule à n'avoir pas l'appétit coupé par la chaleur. Elle mangeait, même, avec une certaine voracité qui ne lui ressemblait guère, allant jusqu'à se pourlécher les lèvres après chaque bouchée.

Son repas terminé, elle s'était levée et blottie dans mes bras. Puis elle m'avait embrassé, de sa bouche humide et, ses lèvres serrées contre les miennes, elle m'avait parlé de son rêve d'enfant. Mon sang s'était glacé.

Puis ce fut la nuit de l'Annonce. Léna m'expliqua que ce qui avait l'apparence du rêve, l'invention de l'amour, devait être jeté dans la vie et en être imprégné. L'enfant qu'elle attendait n'était pas une grâce annoncée, tombée du ciel, mais un signe de vie, le détenteur du secret. Il était fait de tous ces éléments disjoints, de ces moments disloqués que le regard de l'amour arrache au chaos. Il est l'accordeur, disait Léna. Il arrête la machine infernale, rompt la fatalité du sang versé. Il est le fils dont le père doit demeurer sans visage.

Elle avait débouché du champagne et m'en avait servi une coupe en me priant de faire un vœu. Je ne m'étais jamais senti aussi misérable, incapable même du sourire le plus figé. Elle avait voulu que la scène ait lieu dans le noir, et j'avais trébuché dans l'obscurité, renversant mon verre. À genoux, j'avais traîné ma bouche ouverte sur le sol et recueilli le champagne avec ma langue. Mon vœu, c'était que l'enfant ne naisse jamais.

Les lumières rallumées, pour que la fête soit plus chaleureuse encore, Léna avait mis de la musique et souhaité que je la fasse danser. Elle était restée contre moi, ses bras autour de mon cou, jusqu'au crépuscule. Je n'osais pas bouger. De toute façon, on ne danse pas sur l'*Appassionata.* « Un enfant pour faire voler en éclats l'indifférence, disait-elle. Seul un enfant vrai me donne l'espoir d'une vraie vie… Un enfant pour que se taise l'horreur… » Puis elle avait posé sa tête contre ma poitrine pour écouter battre mon cœur. Je regardais vaguement au loin, du côté de l'horizon. Devant mes alignements de tilleuls taillés au cordeau, deux statues que j'avais oubliées m'avaient tout à coup bouleversé : c'était un père et son fils, œuvre d'un artiste anonyme en hommage à L'*Illusion comique* de Corneille.

Neuf mois plus tard, mon cœur faillit s'arrêter de battre. La mère et l'enfant se portaient bien. C'était un garçon.

Je n'avais pas assisté à l'accouchement. Je n'avais pas entendu le cri du vivant. D'ailleurs, je n'ai jamais distingué ce cri du hurlement strident à faire frémir les os que poussait le lapin attrapé par les oreilles, quand mon grand-père l'assommait du tranchant de la main.

Ce n'était pas un cri, m'avait dit Léna. Mais une musique entendue nulle part.

Les premiers temps, avant de m'endormir, je me serrais contre elle, et je mordais ses seins, je les tétais. Il ne me déplaisait pas de voler ce lait au bébé qui pleurait de l'autre côté du mur ; il pouvait bien piaffer d'impatience, celui-là, moi aussi, j'étais en état de nécessité. Je ne faisais, malgré tout, qu'entrer par effraction dans une région de l'amour qui m'avait été refusée. J'étais comme un intrus qui se serait glissé entre la Vierge et l'Enfant dans un tableau de Bellini.

Je savais que l'enfant de Léna était pris dans cette dérive folle, sans passé et sans avenir, qui ne lui permettrait pas de prendre son souffle. Il était une bouche froide. Il était comme la bouche froide d'un revolver contre ma tempe. Voilà ce qu'il était l'heureux événement : le défaut de la cuirasse, le bât qui blesse, la branche rebelle qui ne pourra pas échapper au couperet.

Je pensais à un autre nouvel arrivant, mon grand-père, qui, franchissant la frontière, ne savait ni lire ni écrire, ce qui lui avait valu de perdre une branche de la première lettre de son nom. Avec cette branche coupée, il avait dû, comme le rameau rebelle de Léna, cette saute dans le lignage, franchir la passe.

Dans l'accordeur, je voyais la main de la mort, qui ne donne plus de poids à la vie que pour mieux vous la retirer. Mais on ne sait pas, parfois, ce que l'on voit. Léna était nue sous son T-shirt noir qui lui arrivait aux genoux. Elle avait l'air d'un ange, mais avec le regard vide, comme un animal sans défense. Il faisait si noir que je m'étais demandé si demain allait arriver vraiment. Elle m'avait tendu une lettre, un bout de papier blanc, qui ne me laissait aucune chance.

La dernière fois que j'ai vu Léna…

La dernière fois que j'ai vu Léna, elle était couchée par terre en chien de fusil et elle se tordait de douleur comme si elle venait de recevoir un coup de pied entre les jambes. Elle avait les deux mains nouées à hauteur du sexe et elle vomissait, le menton caché dans les plis d'une écharpe rouge sang. Elle se vidait, secouée de spasmes.

Elle était blanche, aussi blanche que l'enfant qu'elle serrait contre sa poitrine, l'instant d'avant. Son tee-shirt lui collait au corps, et elle l'arrachait à sa peau inondée de sueur. Elle ne savait plus rien. L'amour s'était retiré de ses bras. Arraché comme le reste, avec la vie du petit enfant, cet être minuscule, léger comme une plume, qui avait pesé de tout le poids de la vie dans l'insouciance du monde.

La douleur s'enfonçait dans son visage.

Seule une mère tenant son enfant mort dans ses bras peut témoigner de cette douleur.

Quand je t'ai aperçu, tu avais l'air d'attendre, offert au couteau, ou comme si cette histoire ne te concernait pas. Tu avais bien choisi ton heure, et, cette fois, tu ne m'échapperais pas, je ne voulais plus te perdre. Surtout : m'efforcer de te faire oublier l'horrible chuintement du dernier soupir – et l'horreur de ce petit corps, dur comme le ventre d'une charogne échouée sur la plage. Qui d'autre que ton père aurait pu t'aider, maintenant que tu n'avais plus d'autre porte à franchir que celle de la prison ? L'enfant mort était allé au bout de son rôle : il m'avait rendu mon fils, mon fils disparu de la face du monde.

Lune n'avait pas renoncé à sa tâche énorme. Abattre les arbres morts, acheminer à longueur de journée des brouettées de terre ou – comme ces derniers jours – des charretées de bidons d'essence, lui était pourtant autrement plus facile que de m'aider à tenir le coup. Pour assumer les difficultés de la vie, il faut dire qu'il avait été à bonne école : une enfance dans un village du Sénégal où les garçons apprennent à devenir des hommes forts à l'estomac plat. À la fin de l'adolescence, il était venu ici, dans ce monde sans cœur, mettre à notre profit sa connaissance exceptionnelle des végétaux. Son sens absolu du végétal, devrais-je dire, comme on parle d'oreille absolue en musique. Jamais il n'aurait placé un libertia couleur bronze dans une plate-bande, par exemple, comme j'ai vu le faire d'innombrables jardiniers de nos régions. Lune, de plus, était une force de la nature, pour dire les choses sans nuances. Hormis celle-ci : une force de la nature dotée d'un visage enfantin qui donnait à sa présence, en toutes circonstances et malgré les outrages qu'il avait dû subir, une gaieté irradiante. Seule mon inaptitude à l'amitié m'avait interdit d'en faire, à proprement parler, mon confident. Il était censé tout ignorer des épreuves que j'étais en train de subir, bien qu'il ait dû, ces neuf derniers mois en particulier, suppléer à mes défaillances sans nombre.

Je savais qu'il me protégerait de l'horreur qui s'était abattue sur moi. Il m'en libérerait et, comme dans une nuit de la Saint-Jean, nous allumerions, le moment venu, des feux de joie, une flambée de triomphe. Rien, pour lui, n'avait plus d'importance que de me suivre dans une aventure qu'il avait décidé, pour le meilleur et pour le pire, de partager. Jamais je ne l'avais vu ménager sa peine et la force de ses bras. Pas plus que ses intuitions ou son savoir : il savait d'instinct, je peux en témoigner, comment tenir un outil rien qu'au bruit que faisait la terre ; et quand il en était démuni, un bâton, un clou, n'importe quoi faisait l'affaire. Sans lui, je n'aurais sans doute jamais connu mon engouement pour les palmiers et les roseaux, ces herbes géantes, ni ma si vive passion pour les graminées du désert, qui n'aiment que la forêt vierge, mais que nous avions réussi à faire pousser. Il m'engageait fortement à reconstituer des fragments d'environnements lointains, emblèmes d'un monde encore sauvage. Mais il avait à cœur en même temps qu'un jardin reste ce qu'il était, si l'on peut dire, naturellement. Les plantes ne devaient pas être violentées.

Cet ennemi du saccage n'avait rien d'une tête brûlée. Il n'avait pas son pareil pour éliminer sur-le-champ tout signe, toute menace de désastre : les arbres n'avaient pas le temps de se demander s'il y avait une vie après la mort ; quant aux mauvaises herbes, si elles avaient eu le choix, à Lune, elles auraient certainement préféré Attila.

J'aimais observer la rapidité de ses mains, qui était comme un témoignage de la beauté de l'affrontement de l'homme avec les choses. J'étais touché aussi par sa manière de préparer son repas, dehors toujours, sur un feu de bois. Jamais il ne disait un mot à ce moment-là. Il fallait attendre, pour lui parler, qu'il ait allumé son cigare, dont il faisait voltiger la cendre autour de lui. Il commençait par exprimer très lentement quelques mots, puis il parlait de plus en plus vite et à voix de plus en plus forte, oubliant la présence de son interlocuteur, tel un homme assis au sommet d'un pic, les jambes dans le vide, qui s'adresserait à un personnage minuscule, perdu en bas dans la vallée, et qui élèverait la voix pour s'assurer d'être entendu. Il forçait la voix, d'ailleurs, de la même façon, tenant compte de la distance réelle séparant les interlocuteurs, chaque fois qu'il faisait usage du téléphone.

Lune… Sur ses lèvres je n'avais jamais connu qu'une sorte de sourire obstiné, qu'il m'adressait en regardant le sol. C'est vrai que le face-à-face, les yeux dans les yeux, n'a jamais été une démarche de solitaire. Et que jusqu'à notre rencontre, il avait vécu dans ces maisons où l'on vous laisse avoir faim, quand on ne vous brandit pas un ordre d'expulsion.

Minuit. Lune m'avait retrouvé hagard, au pied d'un olivier, et m'avait pris dans ses bras pour me ramener à la maison. Il m'avait assis dans le fauteuil en cuir qu'aimait tant Léna, et s'était mis au piano. Pas une seule fois jusqu'à ce soir il n'avait fait allusion à son goût pour cet instrument, ni, *a fortiori,* à la connaissance pratique qu'il en avait.

Il ne regardait pas le clavier, qu'il dominait de toute sa force, tel un oiseau prêt à bondir. Ses mains donnaient d'ailleurs l'impression d'onduler comme des ailes. Quelques notes – et c'était comme s'il faisait entrer de l'air et de la lumière dans un endroit où, depuis longtemps, ils ne pouvaient plus pénétrer.

La dextérité, l'autorité, la finesse qui caractérisaient son jeu. Il donnait le sentiment, parfois, qu'il allait tomber, mais toujours il se rattrapait, son art consistant à frôler la catastrophe pour, au dernier moment, trouver une issue. Seul devant le piano, il faisait entendre tout un orchestre, chantonnant même à l'occasion pour que la voix humaine ne soit pas exclue de la partie. Puis ses gestes égaux et mesurés s'accéléraient comme s'il avait craint de ne pas terminer à temps.

Pour Lune, la fête ne faisait que commencer. Il voulait que nous partions tous deux au Sénégal et que nous envoyions ce pays d'ici au diable. Toute la journée, comme s'il s'agissait d'un rituel, il avait aspergé d'essence mon domaine, l'œuvre de nos mains.

Elles n'étaient pas belles à voir toutes ces plantes qui, comme un enfant vit les étapes de sa croissance, avaient mis du temps à se former… Mes buis, mes taxus et mes ifs, mes herbes folles, mes fougères de Tasmanie, mes éphémères bleues… Mes collections d'arbres, mes murs végétaux, mes grottes, mes terrasses et mes serres : toute ma passion noyée dans une gigantesque marée noire.

À la plus haute branche d'un magnolia, un mauvais plaisant avait accroché une cage dans laquelle il avait enfermé une énorme pie. Devenue folle, elle se massacrait la tête contre les barreaux en poussant des cris déchirants. Lune avait grimpé à la cime de l'arbre pour lui ouvrir la porte. Ce n'est qu'une fois à terre, et l'oiseau envolé, qu'il avait craqué l'allumette. En un instant, le rideau de verdure était devenu une misère enflammée qui avait déplacé la scène dans un trou de l'enfer.

Le feu raclait jusqu'au roc les pentes couvertes de pins, d'oliviers, de buis et de chênes verts. Une tempête de feu, de poussière et de cendre dans un grondement effrayant. Un paysage plus sombre que la peine que j'avais vainement essayé de ravaler toute ma vie.

Rouge, orange, jaune, blanc, gris, noir... Les couleurs résistaient, fendaient l'air comme des lances, se dressaient comme des cris que je prenais pour le chant des anges. Un chant d'adieu aux fleurs.

Les pins parasols imbibés d'essence s'embrasaient d'un coup comme des torches géantes, allumant le feu d'artifice des pommes de pin explosant en grenades incendiaires qui portaient les flammes en avant et leur faisaient franchir comme si de rien n'était tout ce qui aurait dû les arrêter : les routes, les gorges, les rochers... avant qu'elles ne terminent leur course en candélabres hallucinants dans la nuit rougeoyante.

Des Canadairs plongeaient dans la fumée, larguaient des tonnes d'eau, abreuvaient sans relâche la tornade assoiffée. Les flammes se propageaient à une vitesse terrifiante, laissant derrière elles des hectares de cendres et de fumée. Dans le moment même que j'y avais porté mon regard, ma forêt de hêtres séculaires était devenue une boule de feu. Résineux et feuillus : tout disparaissait en cendres dans des flammes tentaculaires qui avançaient à une allure incroyable.

Sur le front du feu, Lune se battait sans relâche. La charrette à bras ne cessait pas son va-et-vient, apportant l'essence partout où des départs de feu n'avaient pas été allumés. Et le paysage disparaissait dans des nuages de fumée. Sur d'immenses étendues bordées de noir, tel un faire-part de deuil, le feu signait ses ravages : des troncs fendus, éclatés, jetés à bas gisaient pêle-mêle sur le plateau après avoir entraîné dans leur chute les branches de ceux qui, par miracle, étaient restés debout. Puis pour montrer qu'il n'avait pas dit son dernier mot, il repartait de plus belle, sautait de crête en crête à la merci du vent, encerclait, enserrait, menaçait, léchait, engloutissait…

Ce n'était plus un feu qui chantait, c'était un feu qui grondait. Un hurlement venu du fond de l'histoire. Un cri d'orfraie…

Dans la fournaise, tout ce qui avait été mon orgueil était réduit au rang de vieilleries dont on fait un feu après avoir débarrassé le grenier. Tout, y compris ces pages d'un blanc éclatant, aux paroles hachées, restées finalement muettes, qui avaient pris, ces derniers temps, plus d'importance que ma vie.

Je regardais ma vie flamber, les mains dans les poches. Tous mes biens, toute ma fortune étaient un immense brasier qui me faisait mourir de rire. Je riais si fort que je finissais par couvrir le sifflement des flammes et le cri des oiseaux s'échappant de la voûte brûlante. Le vent me rabattait les cendres sur le visage, que je protégeais de ma main. Je n'avais jamais rien vu de plus drôle que toutes ces branches roulant dans les ténèbres, tous ces arbres nus et noirs, dressés comme des gibets ornés de guirlandes rougeoyantes, ces serres aux allures d'estrades effondrées, ces débris tourbillonnant dans les bouffées brûlantes du vent, virevoltant dans la fumée pleine d'étincelles. Tout ce que j'avais construit n'était plus qu'une illusion comique, un théâtre incendié, et le feu lavait le drame de ce qu'avait été ma vie en lui restituant son vrai poids. Je me regardais dans le feu. La chaleur me crevait la poitrine et l'odeur me nouait la gorge. Je riais comme un fou en découvrant mes dents dans une grimace de chien.

Des hommes et des femmes surgissaient de partout, couverts de sueur et glacés. Leur stupeur, elle aussi, me faisait partir d'un grand éclat de rire. Ils découvraient, les joues réchauffées, le seuil où tout vient se briser, une blessure sans fin aux lèvres grandes ouvertes. Face au pire, à l'impuissance, dérisoirement armés, quelques jeunes gens s'étaient battus toute la nuit. Ils avaient foncé vers le danger pour l'affronter, tenté de sauver des vies, de protéger des biens. Ils avaient frôlé la mort à plusieurs reprises en déployant des trésors de bravoure. L'un d'eux s'était laissé prendre, dans son camion renversé. J'avais aussitôt pensé qu'il aurait pu être mon fils.

Dans le matin froid, face à cette terre charbonneuse qu'étendait à l'infini la façade effondrée des arbres, Lune m'avait confié qu'en craquant l'allumette, il avait eu la certitude d'avoir fait pencher la balance du bon côté. « C'est gagné », avait-il affirmé, avec un geste tranchant de la main. Puis il avait apporté une pelle que les flammes, au fond d'un rebut, avaient épargnée.

Grand-père… Si j'avais creusé sur tes pas, dans tes empreintes, tes traces, aurais-je trouvé une pelle ? Et ainsi, quelque chose pour continuer ?

Et toi, mon fils, mon doux poussin, mon petit cœur, continueras-tu ton père ? M'aurais-tu suivi si j'avais eu des hectares de vraie terre ?

À un moment donné, Lune était revenu avec un grand carton dans les bras, rempli de poussière. Selon lui, tout y était, comme dans une urne funéraire : mes photos, mes livres, mes carnets, mes lettres… et même le piano de Léna. J'avais pris la pelle des mains de Lune et creusé un trou dans la poudre noirâtre pour y ensevelir tout ça.

Les néons du bar scintillaient dans la grisaille, d'épais rideaux tirés derrière les vitres. Nous ne devions pas être très loin du but – quelques kilomètres à peine – mais j'avais besoin de boire quelque chose de frais, j'avais encore, rien que de penser à cette nuit, la gorge et les lèvres sèches. Le premier bar après la sortie de l'autoroute avait fait l'affaire. Tu avais refusé de m'accompagner ; tu m'attendais dans la voiture, moteur en marche, phares allumés. Tu semblais regarder le ciel, mais j'ignorais ce que tu regardais au juste, car il aurait été bien difficile de découvrir la moindre étoile dans la masse du ciel, chargée des nuages les plus noirs. Je ne voyais que ton regard affamé, perdu dans le renfrognement sombre du monde.

Nous étions repartis. J'avais continué tout droit, mais sans cesser de descendre. Tout était calme. J'avais déjà oublié la vie que j'avais laissée derrière moi. Le monde était le vrombissement d'un moteur, accompagné de temps à autre par le bourdonnement d'une mouche égarée au-dessus de nos têtes. Dehors, les arbres étaient de vagues ombres sur des collines sombres où, par intermittence, des maisons dansaient dans la lumière des phares. À mesure que nous approchions de notre destination, nous étions de plus en plus éclaboussés par la lumière aveuglante des voitures qui arrivaient en sens inverse.

Tout arrêter… Changer de route, dévier notre trajectoire, dériver, nous perdre… Vite retrouver mes rôtis et mes darnes… Mes plantes et mes arbres… Tout ce qui change et ne change pas…

J'avais ouvert la vitre, respiré à pleins poumons l'aube naissante, la tête fouettée par le vent. Le petit jour avait découvert les hêtres, les saules, les ormes, les magnolias plantés dans la terre grasse des fossés. Tous ces arbres secouaient contre le ciel leurs branches qui brillaient dans la lumière des phares. La nuit finissante se striait de violet et de rose, au ras de l'horizon. Elle était percée par des aboiements de chien qui indiquaient que nous allions sortir du mutisme de l'obscurité, que la vie des hommes allait enfin déchirer le paysage taciturne, qui rendait notre silence plus cruellement silencieux encore.

Nous avions vu naître l'aube, les hameaux perdus dans le brouillard, le défilé des terres glaciales où, déjà, des silhouettes cassées en deux piochaient et creusaient. Les mains raides de froid sur le volant, j'avais le sentiment d'être coupé de tout, y compris de mon propre fils, prostré à côté de moi, la tête posée dans la paume de sa main. À travers quels yeux regardait-il le lever du jour ?

De plus en plus violent, le vent envoyait ses rafales dans les essuie-glaces qui ne tenaient plus au pare-brise que par miracle. J'appuyais autant que je le pouvais sur l'accélérateur, serrais le volant de toutes mes forces. Nous étions comme deux fuyards poursuivis, alors que nous n'étions talonnés par personne. Nous ne battions pas en retraite, tous feux éteints, sur des chemins isolés. Nous avancions comme un couteau dans du beurre : c'était le malheur qui nous poussait en avant. Le malheur secondé par le vent : j'entendais comme des cris dans son sifflement, des appels au secours.

Quand s'étaient présentées les lumières d'une ville, au loin, j'avais eu un soupir de soulagement. J'avais hâte d'arriver, de claquer la porte derrière lui, d'être seul, en paix une fois pour toutes. Je l'aurais déposé et oublié, comme on oublie au vestiaire un vêtement avec lequel on a fait un bon bout de chemin… Tu me fixais intensément, d'un regard où se mêlaient l'horreur et l'incrédulité. Une fois de plus, je n'avais pas pu trouver les mots.

« Un cœur de pierre » : combien de fois ne m'avais-tu pas accablé de ce reproche ? À cause, précisément, de mon silence. « Tu as un cœur d'assassin », m'avais-tu même lancé à la figure, franchissant un pas, le jour où tu nous avais quittés, Léna et moi. Tu n'avais pas compris que mon mutisme me permettait de tenir debout. Je suis du Nord. Je ne me berce pas de l'illusion de m'envoler, par la grâce des mots, vers les îles tropicales. C'est ici, sur cette terre à l'abandon, que nous avons une vie à vivre. *Ici*, pas sur la scène d'un théâtre… J'avais honte, c'est vrai, de m'épancher ainsi en pareille circonstance, mais on ne se met pas forcément la main devant la bouche quand on est près de la fin, même si parler à son fils, qu'on s'apprête à quitter pour toujours, tient du miracle. Creuser une tombe, en comparaison, est un jeu d'enfant.

Parler à son fils sans user de sa paternité comme d'un laissez-passer. Je n'avais jamais pu faire les premiers pas, poser les questions simples dont dépend la rencontre : Tu as bien dormi ? Comment a été la journée ? Qu'est-ce qui ne va pas ? Le plus souvent, le courant ne passait pas. Né d'un père et d'une langue inconnus, peut-être avais-je été privé de l'étincelle initiale. Dès le cri du vivant, la mèche avait été vendue. Et on ne s'approche plus de moi, aujourd'hui, que comme d'une vieille grenade dégoupillée, maniée toujours avec des pincettes, bien qu'il n'y ait plus depuis longtemps aucun risque d'explosion. À moins d'un sursaut – tel celui qui aurait pu se produire cette dernière nuit, s'il n'avait pas été trop tard.

Au prix de quelle épreuve aurions-nous pu nous diriger l'un vers l'autre sans traîner, toi et moi, des boulets aux pieds ? J'avais pris le risque du récit. Faire une histoire de bribes désaccordées dans un bain de sang. Je ne m'attendais pas à une descente le long d'une paroi. Je ne m'attendais pas à devenir le valet de plume d'un amour manqué à cause d'un amour perdu.

Si tu étais resté silencieux pendant tout ce voyage, je le sais aujourd'hui, c'était pour ne pas entendre ma voix dans la tienne. Ton silence était ta façon de claironner ta haine. J'étais pourtant le père : deux doigts de mes mains auraient dû suffire pour t'écraser.

Au père aurait dû incomber aussi la tâche d'ouvrir le piège. J'aurais pu, de temps en temps, poser mes yeux sur ton visage, sur ta bouche, sur tes mains. Mais tu comprends pourquoi je n'ai jamais été un bon photographe. Je n'ai pas brillé, c'est le moins que je puisse dire, par mes cadrages rapprochés. Tu as remarqué que je n'ai jamais su regarder un corps de près ? Un corps, celui d'une femme désirée, mais le tien aussi bien, quand tu étais bébé, puis petit enfant, c'était toujours hors champ, dans un dehors pour le lendemain où je ne pourrais que perdre pied.

J'aurais tant aimé, ce dernier jour, qu'un homme de l'art nous immortalise dans une scène à peine esquissée : un père et son fils se donnant le bras, souriants, libres face à l'avenir, complices d'un perpétuel commencement. Entre eux, passerait la certitude d'une cause commune qui les rendrait mutuellement plus forts. Deux hommes unis par un secret sur lequel les mots des autres n'auraient aucune prise.

À l'encontre de ta conviction, j'affirme ici une fois encore que je ne t'ai jamais menti. Sinon par omission, pour te cacher l'enfance ensevelie en moi, et qui a fini par se décomposer dans la pourriture, au lieu de laisser le temps fermer la blessure. J'aurai ainsi voué ma vie à tenter de faire disparaître des traces que rien ne pouvait effacer.

Tu comprenais pourquoi j'avais laissé brûler tout ce que j'avais construit, rêvé ? Je ne voulais céder qu'au seul désir de te parler, de retrouver l'enfant qui attendait le monde et ouvrait les yeux sur l'inconnu. Partager avec toi le même cercle de lumière. Je ne pensais pas que le feu me laisserait la vie sauve jusqu'à m'en faire perdre le goût.

Tes paupières s'étaient baissées, cachant tes yeux, comme si tu avais enfin trouvé le sommeil. J'ignorais, d'ailleurs, si c'était le cas ou si tu fixais simplement le plancher de la voiture, ou encore, si tu ne faisais pas que regarder en toi-même, parcourant ces années volées à ma terreur que, de père à fils, se prolonge l'exhalaison d'un seul souffle.

Horreur, aujourd'hui, de t'avoir aimé sans chaleur, avec des mains d'inquiétude. D'avoir, par mon mutisme, blessé ta parole. D'avoir replié mes bras sur ma poitrine pour t'interdire d'y poser la tête. Les bras d'un père qui ne vous aime pas : même un géant y paraîtrait tout petit.

La radio, que j'avais allumée en fond sonore pour me tenir éveillé, nous avait fait soudain sursauter tous deux comme le claquement d'un chien de fusil. Elle diffusait l'*Appassionata* de Beethoven dans l'interprétation de Léna. Un triomphe à Carnegie Hall, disait le présentateur. Mes doigts, sur le volant, marquaient la cadence ; je me sentais léger comme si je m'étais débarrassé de mon fardeau. Pour la première fois, sur ton visage, s'ébauchait un vague sourire, comme si la musique, précisément celle qui nous avait perdus, nous faisait retrouver la voix du sang. Malheureusement, notre écoute était troublée par le bourdonnement d'une grosse mouche noirâtre, charbonneuse, qui s'amusait à zigzaguer entre nous. Ce noir tirant, selon la lumière, sur le vert et sur le bleu m'avait rappelé avec horreur le plumage d'une pie.

Le ciel s'était refermé sur un gris sans nuances. J'aurais voulu t'accompagner aussi loin que possible, ne pas m'arrêter aux confins, ne pas me replier dans le désarroi, face à l'issue désastreuse. J'étais au bout du chemin. Prêt à refermer une porte à peine ouverte, alors que l'horreur seule s'était glissée dans l'embrasure. Il fallait éviter cela à n'importe quel prix.

« Il ne faut jamais suivre les inconnus, jamais parler aux gens méchants... » Tu te souviens, c'était ce que je t'apprenais quand tu étais petit. Tu te contentais de hausser les épaules sans rien dire. Autant parler à une pierre, voilà ce que je pensais. Ou à un miroir.

Notre destination avait fait l'objet d'un pacte entre nous. Entre quatre murs nus, il allait se déposséder de sa vie, avec des gestes d'enfant qui joue. De mon côté, je m'engageais à ne jamais essayer de le revoir. Rien à guetter, et surtout pas le retour. Là où il attendra la fin, il pourra toujours crier, hurler, il restera seul.

Un père… Ceux qui en ont été privés imaginent un être fort et beau qui vous soulève dans ses bras pour vous emporter dans sa chaleur. Quelqu'un qui vous porte sur ses épaules, plus tard vous montre le chemin, habitue vos yeux à l'obscurité… Quelqu'un, surtout, qui vous parle, dès l'enfance, comme on se parle d'homme à homme. Un père… Celui qui vous attendait. Qui était déjà là, envoyé en reconnaissance.

Je sais maintenant ce que c'est qu'un père, je crois le savoir, mon enfant, mon fils, que je ne verrai pas s'habituer à l'idée que je l'aime ; que j'ai aimé, à deux ans, étendu sur la terrasse dans une vapeur de nuages ; à cinq ans, dessinant des oiseaux et des arbres ; à huit ans, des chiens qu'on croyait voir respirer ; à dix ans, attrapant un sourire dans un visage ; à douze ans, gardant les yeux grands ouverts en écoutant le fouet du dompteur ; à quatorze ans, prenant sous son aile tous ceux qui profitaient le moins de la vie et revendiquaient leurs droits ; à seize ans, courant des risques insensés sous prétexte qu'il fallait vivre dangereusement ; à dix-huit ans, nourrissant des projets de vengeance avec ses compagnons d'infortune ; à vingt ans, toujours seul, étranger dans un ailleurs, regardant par la fenêtre la grisaille des maisons, des rues et des nuages qui cachaient le ciel ; à vingt-deux ans, jouant de malchance et me fusillant du regard ; aujourd'hui et toujours, me haïssant de l'avoir engendré pour qu'il se prépare à mourir.

Tout finit par se confondre : hier, aujourd'hui, demain. Il faut bien finir, quitter le récit, dire adieu au lendemain. Éteindre sa lampe. Enfoncer sa tête dans l'oreiller. Se décharger, dans un soupir, de tout le poids de l'histoire. Les mots, j'ai pu m'en rendre compte, n'atténuent pas le désastre. J'avais longtemps espéré que, comme le laurier-rose qui avait fleuri à Hiroshima un an après l'explosion de la bombe, à quelques mètres du foyer, ils finiraient par triompher du silence et de la séparation.

Même un âne, m'a-t-on assuré, sait prendre un air de souffrance. Un homme qui porte un fardeau n'inspire pour ainsi dire jamais de pitié. Et de toute façon la pitié ne supprimerait pas le fardeau.

Mon récit n'enlève rien de ma mémoire. Surtout pas la honte. Il n'a pas non plus le pouvoir, lui qui est devenu ma prison, de me convaincre de mon innocence.

Comme lorsque je m'occupais de mes arbres, je tranche, élague, lie, mutile… Tente par des coupes sombres d'apporter un peu de lumière. Sans grand succès, je fais mon possible pour échapper aux *comme*, la conjonction qui permet de tresser sa détresse et de la triturer jusqu'à l'os, en s'en cachant la vérité. Ces *comme*, ce sont des portes qui ne s'ouvrent pas toujours quand on cherche désespérément une issue, même si ses cinq lettres sont les premières de *commencer*…

La plupart des phrases, je les ai gardées serrées dans ma main fermée.

Mon récit sera comme une lettre glissée sous une porte. Une lettre ? Un fil tendu, plutôt, qui revient vers la main qui le tient.

Mon fils avait ouvert la portière et s'était éloigné sans un mot, sans un regard. Pris par l'angoisse de me risquer dans l'aventure de ce récit, je ne m'étais pas rendu compte que je venais de le déposer devant la porte du tribunal qui l'avait convoqué pour lui retirer la vie.

J'avais levé le bras pour lui faire signe, mais il était trop tard, la porte s'était refermée. Il y avait une énorme serrure de fer. Ce n'était pas elle qui me faisait peur : il en existait d'énormes qu'un enfant pouvait ouvrir avec une épingle à cheveux. C'était le mur de béton, plutôt, qui m'effrayait. Le béton de la prison mitoyenne. J'aurais voulu savoir faire un jardin, le long d'un tel mur. Permettre aux plantes de vivre leur vie sans l'aide de personne dans ses anfractuosités. Trouver le moyen de loger une faible épaisseur de terre le long du mur intérieur, comme une double peau, et le tapisser de mousses fraîches et veloutées sur lesquelles tu promènerais ton regard comme dans un jardin zen. Mais je ne devais pas me faire trop d'illusions : le béton l'emportait haut la main de nos jours, et on rognait de plus en plus sur l'étendue de la terre.

Comme des oiseaux de mauvais augure flairant la catastrophe pour en tirer profit, un inconnu avait bombé en lettres rouges sur le mur géant : *pour que se taise l'horreur.* Inutile de se demander de quelle horreur il pouvait s'agir. Personne ne l'ignore aujourd'hui, pas même les tout petits enfants.

Au-delà de la stupeur, un paroxysme de rage aveugle, impuissante, me retournait en moi-même comme un poing fermé sur une pierre. J'avais voulu t'entraîner dans ma chute, mais tu étais le porteur, et tu avais tenu. Tu m'avais rendu la vie que je t'avais donnée. C'est parce qu'on te l'arrache aujourd'hui que je m'y accroche, m'y réfugie.

## DU MÊME AUTEUR

RÉPÉTITION SUR LES AMAS, Mercure de France, 1974.

RECHERCHE DES DISPOSITIONS ANCIENNES, Maeght, 1977.

VERS L'ABSENCE DE SOUTIEN, Gallimard, 1978.

CORPS EN DESSOUS, Clivages, 1979.

ÉBAUCHE DU FÉMININ, Maeght, 1981.

MÊME UN ENFANT, Le Collet de Buffle, 1988.

BRAS OUVERTS, Mercure de France, 1989.

UNE SEULE FOIS, UN JOUR, Mercure de France, 1989.

VIOLANTE, Mercure de France, 1999 et « Folio » n° 3527.

TOUT SE PASSE COMME SI, Mercure de France, 2001.

BONNES SOIRÉES, Farrago, 2001.

L'INTERVIEWEUR, Calmann-Lévy, 2002.

LA PARTITION, Grasset, 2004 et « Folio », n° 4414.

DANCING, Seuil, 2006.

LE DÉVELOPPEMENT DES LIGNES, Seuil, 2009.

RADIO SAUVAGE, Seuil, 2010.

VOIX SEULE, Seuil, 2011.

SCÈNE TOURNANTE, Seuil, 2012.

CENT QUARANTE SIGNES, Grasset, 2013.

DU JOUR SANS LENDEMAIN, Seuil, 2014.

L'INTRODUCTION DE LA PELLE, poèmes 1967-1989, Seuil, 2014.

LES RAVISSEURS, Grasset, 2015.

PAPIERS PEINTS, Seuil, 2017.

À N'EN PLUS FINIR, Poésie, Seuil 2020.

LE DÉSIR QUE J'AI, Poèmes, Points n° 5416.

POURSUIVRE, Seuil, 2022.

Livres d'entretiens

LES HEURES LENTES, AVEC HENRI THOMAS, Arléa, 2004.

ENTRETIENS, AVEC SAM SZAFRAN, Flammarion, 2013.

ENTRETIENS, AVEC ANDRÉ DU BOUCHET, L'Atelier contemporain 2016.

ENTRETIENS AVEC BERNARD NOËL, L'Amourier, 2017.

*Collection littéraire dirigée par Martine Saada*

Pascal Quignard, *Les Heures heureuses*

Retrouvez toute l'actualité des éditions Albin Michel
sur notre site albin-michel.fr
et suivez-nous sur les réseaux sociaux !
Instagram : editionsalbinmichel
Facebook : Éditions Albin Michel
X : AlbinMichel
YouTube : Editions Albin Michel

*Composition : Nord Compo*
*Impression : Imprimerie Floch, février 2024*
*Éditions Albin Michel*
*22, rue Huyghens, 75014 Paris*
*www.albin-michel.fr*
*ISBN : 978-2-226-48800-8*
*N° d'édition 25632/01 – N° d'impression : 104176*
*Dépôt légal : mars 2024*
*Imprimé en France*